惠风·文学汇

(第二辑)

遗落深山的明珠

"惠风·文学汇"丛书编委会 编

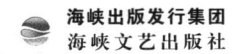

海峡出版发行集团
海峡文艺出版社

图书在版编目(CIP)数据

遗落深山的明珠/"惠风·文学汇"丛书编委会编. —福州:海峡文艺出版社,2024.8
(惠风·文学汇)
ISBN 978-7-5550-3797-2

Ⅰ.I267

中国国家版本馆 CIP 数据核字第 2024PE1164 号

遗落深山的明珠

"惠风·文学汇"丛书编委会 编

出 版 人	林　滨
责任编辑	朱墨山
出版发行	海峡文艺出版社
经　　销	福建新华发行(集团)有限责任公司
社　　址	福州市东水路 76 号 14 层
发 行 部	0591－87536797
印　　刷	上海盛通时代印刷有限公司
厂　　址	上海市金山工业区广业路 568 号
开　　本	889 毫米×1194 毫米　1/32
字　　数	120 千字
印　　张	8.125
版　　次	2024 年 8 月第 1 版
印　　次	2024 年 8 月第 1 次印刷
书　　号	ISBN 978-7-5550-3797-2
定　　价	58.00 元

如发现印装质量问题,请寄承印厂调换

目录

繁华流水石矶津 / 冯文喜……………1

那个叫仙蒲的山村 / 文净……………9

畲歌传唱的地方 / 郑飞雪……………17

三探鲤鱼溪 / 章武……………26

漈头记忆 / 张久升……………39

漈水安澜 / 缪华……………47

小园倾听王眉寿 / 乔梅……………57

怀想南屿 / 曾小榕……………70

透堡散记 / 依栋……………75

长教云水谣 / 何葆国……………82

月流烟渚 / 戴云飞……………90

闽南第一庙：九峰城隍庙 / 卢一心……101

文化湖头 / 蔡飞跃……………107

客家人的朝圣中心 / 鸿琳	115
寻梦，那发着青光的石巷 / 林仕荣	119
紫阳宋风　光裕五夫 / 邹全荣	122
廖德明故里：槎溪古村落 / 林雪莲	127
洪坑土楼的方圆 / 胡赛标	134
思想的蝴蝶 / 李迎春	139
闽粤赣边"百姓镇" / 练建安	144
古风迂回　梦回汀州 / 吴德荣	156
东大街印象 / 吴浣	165
行走宋慈路 / 董茂慧	171
云骧阁 / 吕金淼	176
安泰河边朱紫坊 / 林欣	183
往事二三 / 唐希	187
秋天停泊在潮间带上 / 王纯野	201
西溪水不说话 / 林晓文	208
藕花深处 / 林艳	216
周末，我要去哪里 / 柯国伟	221
白叶溪的记忆 / 黄志耀	235
雨后初霁登紫云 / 杨燕芬	240
此城可待成追忆 / 何欣航	244
故乡的老菜脯 / 江惠春	251

繁华流水石矶津

冯文喜

山环水抱,城绕树掩,得一古渡,便是石矶津。

起初我们并不知道它原来的名字叫"石矶津",去了之后,才发现其地形与名字是吻合的。"矶"乃江河水流冲击岩石的意思,"津"是渡水的地方。有资料表明,石矶津在古代是水陆枢纽,许多物资在此聚集贸易交换,成了浙南和闽东北之间重要的交通枢纽,曾经繁华一时。

如今很少有人提及石矶津,从唐时起,它就被"廉村"取而代之。原名或封存于典册谱籍里,或泯没于渡口橹桨欸乃声中,并渐渐为世人所遗忘。这倒让我们感到非常欣慰,原因是它和"开闽第一进士"薛令之有关。薛令之是唐肃宗的老师，为官廉洁清正，肃宗便敕封老师的故乡石矶津为"廉村"。无论是家族还是村庄，能够得到皇帝的御封，这本身就是一件荣耀的事，更何况这个村名还直接佩上令今人受享为荣的"廉"字，像注册了一个名牌商标。

果然，历唐经宋，尤其是宋室南移之后，廉村代有名士，尤为突出的是陈氏家族，居然出现"一门五进士""三代俱及第"的辉煌，不能不令人感叹。我们去陈氏宗祠参观，两旁陈列着或登第或仕宦者的牌位，令人目不暇接。在古祠前伫立良久，有了思索：他们的先辈靠什么创造了家族的辉煌？为什么同时期他族、他姓少有如此？除了这里山好水美，石矶津应当有自己独到之处，比如资源的发挥、物资的支配、人才的培养，而这些也只不过是基础性探讨。

石矶津作为一块水陆冲要，必定也是政治和文化受影响转型最为迅速的。宋室南移后，首都在临安，即今天的杭州，而闽东去杭州，在整个南宋范畴来说，还是近距离的，朝廷的政治文化动态很快就辐射到闽东。用今天的话来说，石矶津所处的区位相当有利。更何况还有一代理学大师朱熹放迹长溪，从武夷到永嘉，一路走来，播撒科考文化。

在特殊历史时期，石矶津人抓住机遇，享有好的文化命运。这应是山川之荣幸，也是廉村人之荣幸。

石矶津前有一条广阔的河流，叫"穆赛溪"。第一次进入石矶津，来去都乘渡船。摆渡的是位老人，横穿水面，轻松自如。第二次走石矶津，水流湍急，滚滚而去，见到还有不少青少年在溪里游泳，嬉戏水花，非常快活。

一个村庄拥有河流，就有了济川的旷达，就有了滋润的养分，就有了怡神的灵气。石矶津因穆赛溪而得天独厚，春生夏长，秋收冬藏，顺应四时，从容不迫。现在还能够很明显地让我们体味他日繁华极盛的是村中的官道。脚步轻移，很快发现这里的石子道与别的古村落中的巷道甬路不一样。从官道这个规格来说，铺垫要求必定比较高。它由三条纵深平行条石延伸铺设而成，条石分居左、中、右，当中镶嵌光洁的溪港石，铺有美观规则的图案。在平行条石的夹持中，石子分五行"八"字状排列开去，其形有如殷实的谷穗，或长长的链条。不知当时设计者用意如何，但今天我们去看官道，却感到了一层非同寻常的寓意。

在平整的三条石官道两侧，还有较大块的河滩石做成道肩，形成宽阔的官街。在墙堵之间，官街留有单边的排水沟，基本上是设在右侧。顺着院落的转折承起，官道一直绵伸到城墙外。在拐弯之处，往往铺设一个大型的圆圈图案来承接起始。官街和墙堵之间如果成九十度转弯，图案外围四边或相邻两边就由条石框架。由外及里先铺三行溪港石"谷穗"，这是最外一层镶边。其次是略疏的两环石子，夹设着两行圆圈"谷穗"，是第二层镶边。当中是环状图案，由一粒大石子居中，外围层层相套，如水滴池面，圆晕渐次推开，形成包容和开放的双重布局。

这种构筑理念，在古祠堂前的场院上得以充分展现。数十环状放射型的溪港石图案平铺于地面，边沿互相交接与融汇，环环相扣。古人认为天是圆的，万物循序渐进、周而复始。人只有顺应天道，仕途才会顺利，才会昌盛发达、永不衰败。这类环状图案一方面具有美观、整洁的效果，另一方面也反映出朴素的哲学思想。踩踏其间，环状图案像在飞快地转动，千年时光，恍在一瞬。

沿穆赛溪溪岸而砌的是古城堡，环村而筑。古城堡最初为军事防御设施，起着抗击外侵、抵御匪患、保护生命财产安全的作用。

据有关文献记载，福建沿海城堡大多是戚继光和周德兴驻闽御倭而筑的，时间为明嘉靖、万历年间。富裕的石矶津，处在江海的风口上，对倭寇来说无疑是个巨大的诱惑。

保存完好如初的古城墙在溪水哗哗声中，荡出历史的回声。布满苍苔的墙体和巍然屹立的古城门，涂满沧桑和厚重。山川河流，风雨冲刷，不断改变原貌；地形风物，四季轮回，今古已然不同。

遗存建筑是历史文化、地域文化的标识。

历经岁月的淘洗、战火的焚毁,传统古建筑很难完整保留至今。石矶津现存的古民宅和宗祠,基本上是属于清代中后期建筑,在此之前的建筑,难觅踪影。恐怕只有地面上的条石和官街、进士府第庭院的格局,才会让人联想昔日的气象。

村上的清代古民宅所烙上的作为仕宦之地应有的印记,十分鲜明地告诉每位经行此间的路人:在匆匆的旅程中,那些容易为人忽略的某些细节,比如一堵不起眼的石墙,一块镂刻花草、神兽、人物等的图案,其中蕴藏的文化格调,恰恰是古人的精神花园。

行走在官街上,一道道青砖墙堵沿街侧立,分隔着众多的民宅、庭落、场院,一切安排得井然有序。透过墙头,看到竞相迭出的灰暗屋宇,美轮美奂。墙间设有一个便门,拱状,一人高,上方用石灰制门匾,题"凤池"等字样,韵味悠长。其顶部呈山式翘檐,雅致,灵巧,生动。在墙堵中，最有特色的是照壁"世德作求"。四个字安在牌匾中，为凸字墨色楷书，端庄，稳重。左右两侧是轴式对联，悬写"孝弟绳其祖式，诗书贻厥孙谋"，古香古色。照壁作为祠堂的重要部分，与溪港石铺就的场院、青石台阶、石旗杆，共同形成传统建筑格局，以深沉、凝重之姿，见往日华美、庄严之气。

宗祠是必进之地。它也是村中最高等级的公共建筑。陈氏宗祠和支祠格局大体相同，分间分进。门楼仍为悬山式翘檐构造，以龙、凤等瑞物作为装饰，堂皇，富丽；楼檐悬空，独具风格。楼顶悬巨匾，如"世耀德星""春秋祀典"，醒目可读。祠内方形开井分廊，享堂、戏台、偏厢、通廊、天井等一应俱全。戏台三面开敞临空，便于观众看戏。正堂陈列着家族的瓷器、银器等古董。但最吸引人的还是木质藻井，八角菱形，支架成"米"字网状，节节相环互铆，非名匠而弗能。井顶圆板，彩绘两只金色凤凰，口衔一火球，振羽飞动，两两相望，成太极状。藻井下端悬匾"忠孝垂模""吉水流芳",前悬"祖德千秋"。

品读匾额,我们感受教化的力量,也进一步领会"廉村"作为村名比"石矶津"有更深的人文内涵。毕竟一个地方再好,如果缺乏人文的关怀,也只是"山川空地形"而已。

那个叫仙蒲的山村

文 净

这个村庄被一圈高耸的山围着。唯一的那道缝隙,是一条溪流拱出来的。溪流似乎也不忍心把缝隙拱得太长太宽,只是让山体闪开一个浅浅的小口,而后以瀑布的形式,从高高的崖壁跌落而下。瀑布的两边是斜长的树木,伸出的枝叶遮挡着瀑影,还把瀑布上方的空间遮去大半,如果不是细心探寻,那样的一个入水口往往会被忽略。溪水离开村子的行踪也是隐秘的,到了村尾,忽然拐了一个大弯,又让对岸的几棵古树用树冠遮盖溪面,填补出口的空隙,掩藏自己的去向。从天上往下看,村子就像卧在一座天坑的底部。那条清清的山溪也不像是从远方流来,再向远方流去,倒更像是从村庄的地底涌出，又在村民的居室间来回萦绕，依恋不去。

从福鼎市区到这里，要经过好几个乡镇，中间还有一段十几里只见密林，不见村寨的道路。谁会想到在这条道路的尽头，会有一座名叫仙蒲的山村？在交通不便的当年，究竟是怀着怎样心事的人，会拨开重重雾、翻过座座山来这里安家？问村民，才知道他们的先祖是从邻近的霞浦山区移居过来的，而他们更远的先祖，竟然是从更遥远的莆田移居过来的。问来自莆田的哪个地方，他们也说不清，只说一代代传下来，说那个地方叫"八角井"，那里有个水井，八角形的。据说，他们的先祖是在朝廷做官的，因为受到政治迫害，族人担心被牵连，就匆匆逃离了莆田，躲到霞浦山区；之后，又有一脉后人移居仙蒲。刚来的时候，这里是一片野山野水，他们给这里起名"仙蒲"，是否含有几分割舍不去的乡思？作为莆田人，我知道如今的兴化平原，当年是长满蒲草的咸滩，宋代修建木兰陂后，那里才被辟为一片良田，于是，没了蒲草的"蒲田"改名"莆田"。那是多少年前的事了，如今的仙蒲人已连一句莆田话也不会讲了。村里有座木板做墙、泥瓦盖顶的林氏宗祠，看样子有些年头了，门前的十几棵老树，似乎在以它们那不可移易的姿势，表达着对根的依恋。

在这里看天，天被绿色嵌了边，很小很小。小就小吧，一个本身不大的村子还需要多大的天？阳光依然能降临，云朵依然能飘过，风在频频地吹着，雨有时也会洒落下来，这就够了。何况，这里的土质很肥沃，稻田、茶园、菜地、瓜畦，全都蓬蓬旺旺的。连讨嫌的杂草，也压不住自己的长势，在庄稼的缝隙里疯长。泥土的气息太浓了，浓得有些呛人。正在灌浆的稻谷散发出特别纯粹的香气，那是小时候在故乡田园里才能闻到的味道。比这更香的，是那些药草与香料木片，它们被晾在一个个竹编的大圆盘里，香气便与阳光一起弥漫。还有更香的气息，那是从烤茶作坊里飘出来的。我不嗜茶，但我喜欢用鼻子品茶。在这样的村庄让鼻子狂吸茶香，感觉真好。正午刚过，阳光还像剑芒般刺亮，"天坑"里的村庄本该很闷热的，然而我连帽子都不想戴，就那样顶着太阳走着，也觉得比城里凉多了。我知道，那是这里的水，消释了炎夏的热意。

一条溪从山外走来，溪两岸又有两条山涧，源头都在这个"天坑"里。它们把清水汇入溪里，又通过与溪流的交错，把这里的土地划成四块。于是，这里的田园与房舍，不是临溪，就是依涧；于是，这个沉在"天坑"里的村庄，也是漂在清水上的村庄。那水确实很清，连里面的丝丝水草、粒粒细沙都看得分明。经历过世事沧桑与宦海沉浮，想必仙蒲村的先民更爱这样的水，没有江的险滩激流，没有海的深水暗礁，一眼能看到底的清浅，让期盼安静的心无须设防。水中居然还有鲤鱼，红、黄、黑都有，在水底悠悠荡起几缕霞彩。

闽东有很多临溪的村落爱养鲤鱼，这里的鲤鱼所游动的溪水应该是最清澈的了。都说"水至清则无鱼"，这里的鱼却活得很滋润。

不用说，那是村民们养大的。我往旁边的那条山涧走去，山涧边也有住户，门前的涧水里也有鲤鱼游动。不，飞翔。鲤鱼会飞吗？在这里，水是那么清，很小的一个水潭，能装下一个大大的蓝天。每一只鲤鱼，就在水底的蓝天之上飞。没有翅膀有什么关系，只要有清水荡漾，它们便会飞，飞得比鸟还轻松。城里人把鱼养在玻璃缸里，这里的人把鱼养在天地之间，把家建在鱼的世界之中。这么多的鱼被世世代代养着，也许是为了给山居生活添上几分生趣，也许是为了寄寓"年年有余"的心愿，不管怎样，面对清溪里的鲤鱼，他们的神情格外安适。在干净的世界里呼吸、游走，朴拙之中展灵性，枯寂之中显自在，这里的鲤鱼就这样活着，这里的人也这样活着。

刚进村的时候问溪边的一位山姑，村子里可有好景可看。她一笑，说，也没什么好景，就是房子。她说得似乎也对，只是房子在这个地方一摆放，韵味就不一样了。土墙、石墙、木墙，这里全有。溪卵石铺成的村路，在民居间穿来穿去。那卵石鼓鼓的、滑滑的,带着溪水的气息,仿佛刚从溪里爬到我们的脚下。觉得脚板像鱼一般,贴着卵石游走。走着走着,居然发现好几座古民居,敞开着的门,如幽婉的历史之洞,诱着我们进去探究。据说那是明清年代的老房子,重檐歇山顶,穿斗木构架,黑瓦灰墙,条石台阶,门楼、庭院、正房、厢房、后埕,重重叠叠古韵,<u>丝丝缕缕古风</u>。最爱的是那些木雕砖雕,或人,或兽,或花,或鸟,细腻入微,灵光闪烁。我把目光轻放在那些雕件上,用尽量柔和的眼波把它们来回抚摩。今天的工匠或许有更高超的雕刻技艺,但怎么也雕不出当年的那般淡定的情味了。可以想见那时的情景:一溪水喧,满谷鸟鸣,几个耐心守着时光的匠人,专注地旋转手中的雕刀,把自己对山川自然的感悟,把自己的真性灵,缓缓地注入木纹、石纹之中。正是因为有这种神奇的注入,才让那些原先也许很普通的石材、木料,能够穿越岁月的烟味与湿气,把今天的人迷住、镇住。

祠堂也许从迁到这里的那年就有了，水尾的那几座神庙，缕缕香火的痕迹被叠印在斑驳的墙体与泛黑的梁柱上。院落长满青蒿的那些房子，有一座曾是书院，至少在元代就是了。可有谁从这些残破的老屋里，捕捉出当年飘出的悦耳书声？村里人告诉我，这个书院曾经培育了不少栋梁之材。在元朝，整个福鼎县中举者仅九人，仙蒲林家就占了八个。某年，江南学子会试于杭州，揭榜时，闽中众士子几乎全部落第，唯独从仙蒲走出来的林仲节荣登解元。当时的学台感叹："福建若无林仲节，满船空载月明归。"

真的没想到，如此安静的小村，也能发出如此不寻常的声响。原来，他们在这里种田养家，也从这片山水里吸纳智慧与灵气。他们守着耕作人家的本真，也不忘自己应有的社会担当。就像流过村里的仙溪水，用无边深情浇灌这里的山峦与田园，也以不竭的热情，汇入大江大海的奏鸣。"天坑"里的仙蒲，也因此显出几分大气之美。

有人说仙蒲是世外桃源。确实,"林尽水源,便得一山,山有小口,仿佛若有光""复行数十步,豁然开朗。土地平旷,屋舍俨然,有良田美池桑竹之属"。

陶渊明的这几句,仿佛就是写仙蒲的。如今的仙蒲已有一条小公路与外界连通,新建的楼房也用上现代建材,但这里的树还绿着,水还秀着,鸟还叫着,蛙还鸣着,那份岁月赋予的超脱之气、灵动之美,并没有流逝而去。这就足够了,不管世上有没有桃花源,新鲜的空气、清澈的水,与自然和谐相亲的家园,永远是人们心头的梦想。只要这样的梦想还在,仙蒲的魅力就在。

畲歌传唱的地方

郑飞雪

半月里,像一个优美的传说,歌声飘扬,以动人的情节吸引八方来客。

一定有种子类如音符的形状,深埋进这片土壤生根萌芽,这里的村民一开口以歌唱的形式对话,连风吹草动、树影婆娑、涧水潺流,也如歌谣声声应答。一定有隐形的琴弦遗落在山道上,沿着古老的青山蜿蜒,被跋涉的脚步踩踏,跳荡出天籁般美妙的声音。

半月里,原名"半路里",在霞浦县城通往东吾洋的古道上,位居中点,南半程,北半程,顾名思义"半路里"。这半路的里程,恰好山一程、水一程,如二分之一的节拍,不急不慢,不徐不赶,以平和的心态敲打着生活的节拍,处处洋溢着和谐安宁。从山顶往下看，山水环绕的弧形村庄像一枚瘦瘦的月亮，沉浸在江塘边。半月沉江像古老的传说，飘荡出缕缕柔情。方言"半路"谐音"半月"。村庄的名字在芬芳的流传中，让人追思，让人怀想。远乡或近乡的人，在月色里屏息谛听，听见古老的村落遥遥传来畲歌的百年传唱。

倾听畲歌，必然要选择春天，半月里是属于春天的。

春天的畲村像皎洁的月亮，和着明丽婉转的歌调，牵扯着路人的情思。一到村口，就被激越清扬的畲歌调子吸引。浑厚圆润的男音，和着高亢嘹亮的女音，一问一答，一唱一随，如蝶的双翅翩翩飞翔。随着高亢的啊噜调迂回婉转，一片天高高、水蓝蓝的世界映入眼帘。啊兮啊噜啊妹喽——好像肩挑柴火的女子在山道上晃晃悠悠，晶莹的汗珠豆子般往下落，百灵鸟从身边一扑棱，飞远了，声音回荡满山满谷。带"兮"字长音的假声，一坡高过一坡，恍惚之中，以为置身在屈原的楚地，处处飘荡着

《九歌》的长调。树木在反复吟唱中摇头晃脑、绿意葱茏；花朵在蜂飞蝶舞间轻轻招摇。诗与歌，本来同源。歌是诗的风采，诗是歌的灵魂。这能歌的小村庄，善于把诗一样的情怀，用朴实的畲族语言传唱成生动的歌谣，神采飞扬。一曲清唱，像面对面的叙说，像休息时的咏叹，像似醉微醺的酒香，像苎麻裳飘扬的裙带，像凤凰髻上的银簪叮当作响……歌谣溅洒着朴实的欢乐，酝酿着日子的芬芳。往事流水一样消逝，唯有歌谣绵绵流传；故人时光一样走远，唯有歌谣静静缅怀。半月里，畲歌追溯着历史，传承着血脉。

早在数百年前，村庄的雷氏先人穿着粗朴的短衫，远离祖地来到这片荒芜山野。那时没有阡陌纵横，也不见田畴平展。在孤独的山野，一声鸟鸣绊住了雷氏先人踟蹰的脚步。环顾四周，他看到树枝上的小鸟叽叽喳喳，像一场议论吵闹不休。有鸟的地方就有密林，有密林就有丰茂的水源。层峦叠嶂，青山寂寂，缭绕出一缕缕淡淡岚气，如仙人的衣袂轻轻飘摇。

水汽氤氲，是生命理想的栖居地。先人相信郊野的草垛和林间的柴禾，能燃起简易日子的温暖。黄昏晓晨，升腾起袅袅炊烟。雷氏在山林里休息，无意拍中了繁衍生息的第一个音准。青山环抱，绿水潺流，族人在扎寨的土壤上脚步匆忙起来，山水随着开荒稼穑的日子昼夜不休地吟唱。风声、雨声、水声，蜂吟、蝶咏、虫唧……和着劳作步履的节拍，加入歌者的行列。畲民的歌唱从不在山水间孤独，上山采茶、下田插秧、锄草挑柴、蹚河过桥，只要胸中有歌，对着石头说话，对着流水清唱，对着远山呼喊……稻田、竹林、草木、绿野，都会传来声声呼应。这天籁般的回声追逐着身影，从田间震荡过心头，从林梢贯彻到脚底，合拍为灵魂深处最美的谐音。半月里畲歌的独唱、对唱、和声、双条落，小说歌、风俗歌、祖宗歌、杂歌，一马平川的平讲调，千回百转的啊噜调，一声声，一句句，如清水细流，如山花开放，如白云飘飞，如雾气聚散，离不开山水草木的启示和指引。

/ 畲歌传唱的地方 /

山村闭塞，抬头望天，埋头耕作，唯有敞亮歌声和自然对话，先人的心情明朗又郁结。雷氏的三世孙雷世茂在歌声飘扬的小山村诞生了。祖先劳作的歌谣自小在他心灵里传播着梦想。雷世茂习武修文，十八岁考取了武秀才，随后，又考中武举人，成为县衙最年轻的幕僚。年轻的雷世茂像一棵挺拔的树，在村庄里招展着蓬勃的枝叶。他步上山巅，瞭望家园的气象：山脚下歌声如缕，山顶上白云悠悠。一种意象如海上丝路，从雷世茂心中蓦然升起：家园丰足，要辽阔的海连绵起闭塞的山。一部丰富的《山海经》，让雷世茂内心冲动，像一波一波的海浪，升腾起理想的浪花。沿着先祖的足迹，雷世茂的脚步试探着伸向远方。他带动乡亲把畲山的茶叶装上船只，从东吾洋出发，销往福州、上海等地，又把外地的布匹、金银等货物带回畲乡。经营之路来来往往，如歌的行板迂回曲折，贸易往来放飞了山村的梦想，嘹亮了山村的歌谣。畲村在一步步走来的节拍里，节奏稳定，结实饱满，渐渐富裕起来。三百多年前的半月里，用清一色的瓦房，掀掉了茅草房羸弱贫瘠的模样。二十四岁的雷世茂建盖起私宅，用建筑的语言，记录着畲村的歌谣。

走进雷世茂的故居，震撼人心的不是雕梁画栋、镂空细刻，而是一根根连绵站立的柱子。柱子错落相连，像田野上青青的庄稼，矗立成房屋的脊梁。细细数过，共有一百二十六根木柱，像一整片树林，走过蹉跎岁月，在风雨中傲然吟唱。这也许是雷世茂最初的志向，让村庄的精神百年不倾，如音节的符号延续着歌谣的梦想。柱子与柱子间的距离，联袂起一堵又一堵墙。砖墙的空斗缝隙间，塞满鹅卵石，像音箱储存着五彩斑斓的声音。若遇到外敌入侵、盗贼凿墙，鹅卵石倾泻而出哗哗啦啦的歌唱，在夜静时分唤醒沉睡的村庄。这种睿智来源于歌谣，只有生生世世传唱着歌曲，把歌曲融进生命的人，才能从音乐中获得灵感，把建筑、自然、音乐圆融地贯通在一起，达到安稳清居的境界。墙体的退避、谦让，如香绢的扇面起承转合，巧妙地腾置出一个个独立的空间，每间屋室以特有的风格弥散着静谧的香。

　　书房、武房、碾米间、酿酒室、绣楼、卧室、厅堂，仿佛有昨日的身影在来来回回走动，各件物什整齐摆设，显示着家族的生活习惯。橱柜碗筷、青花瓷瓮、琴台案几，从不同的角落里碰撞出清悦的声音，仿佛日子正从流年深处悠然流淌出浓郁的气息。那凤冠已经淡去黄金的鲜亮光泽，它曾戴在哪位新娘的头顶？金珠翠玉随着缓缓脚步摇摇欲坠，娇羞的面颊柔情似水地对新郎递送秋波。那件畲衣以密实的线条和瑰丽的图纹展现岁月的芳华，一个女子用多少细密的心思在经纬间穿针引线？当一双素手轻轻扣上胸襟的纽扣时，一袭暗香在衣袖间珍藏了几生几世？牡丹彩凤的八仙轿抬起娇媚的新娘，唢呐笙箫跟随身后一路吹吹打打，蜿蜒过山道，蜿蜒过伊人甜蜜的心坎，丝竹管弦合奏出的吉庆，百年后依然灿烂着山村的夜晚。一台老织杼机喑哑了歌喉，闲置在屋子黯淡的角落，冷艳的光从窗外照进来，悄悄唤醒梭子的记忆。梭子用织麻的动作静静织绩着时光的烟尘，旧日的窈窕身影火一样在织杼机旁跳跃，点亮满天星辰，为黎明的行程连夜赶织。麻线又细又长，布料月光一样柔软，在夜色里轻轻飘荡。木刻精细的龙头剑威仪地悬挂在厅堂，锋利的刀枪斩断多少邪恶，铁掌石拳平息过多少风波。正义像一块丰碑，以庄严的沉默让后人仰望……

偌大的雷氏祖宅，有序陈设着畲乡生活的物品，收藏着日子琐碎的声音。走进雷氏祖厝，只是刚刚拉开畲乡的序幕，聆听到畲乡歌谣的序曲。风格统一的古厝，毗邻相连，以雷氏祖厝为最高点，依附山势，高低错落。青墙挨着青墙，黑瓦绵连黑瓦，像高音或低音符号洒落在五线谱上，跳动出和谐的声音，如一曲轻歌在青山绿野间抒情，在山花浪漫间温婉起伏。安静的村庄筑起一道城墙，像盘龙从山脚盘桓到山冈，如一声尾音从山坡上悄然滑过，隐没进青青草野里。城墙上绽放着一个个灯箱似的砖垛，在月黑风高的夜晚置放明烛，白天成为瞭望的窗口，可以对外敌弹弓射箭。如此细密周全的呵护，召唤着远行的脚步，穿越密林，踩着落叶，蹚过小河，急急赶归。心里装着家园的灯盏，歌谣云彩一样飘升。

我相信，那音乐的种子就埋藏在房屋的墙基底下，树一样生根发芽。

一株活了三百多年的古榕，屹立在村口，聆听了三百多年的歌声。也许老榕树在认识村庄之前就已经存在，只不过，村庄用三百多年的时间把树刻进自己的年轮里。三百多年的时间，对一座村庄的历史并不算太长，对有记忆的生命却很久远。走过三百年的风风雨雨，谁会在阳光里依然快乐歌唱？只有树一样的情怀，把根深深扎进土壤，枝叶深情伸向天空。

村庄长成了古老的树，树底下的畲民摇扇、纳鞋、织绣、编斗笠……日子缓慢悠长。半月里是一部神话史诗，如歌如缕……

三探鲤鱼溪

章　武

我相信，人与人之间有缘分，人与山水之间也有缘分。

比如，高高在上的周宁县鲤鱼溪，宛若云中的童话世界。而我此生，已有三次拜识它的机会。

第一次与鲤鱼溪结缘，是在1983年春。那时，我是《福建文学》的一位编辑，因到周宁组稿，这才听说城郊有个浦源村，村中有条鲤鱼溪，溪里流淌着人鱼相亲的种种美丽传说。于是，我不顾旅途劳顿且感冒低烧，当天下午就赶往浦源村一探究竟。一路上，但见城郊的山间盆地一马平川，春水汪汪的水田，如明镜一般闪闪发亮，不时有三五成群的白鹭腾空而起，翩翩然没入远山，更觉此间风景不俗，有一种清奇而又飘逸的神韵。

刚步入屋瓦毗连、人烟稠密的浦源村，就听见潺潺的流水声，就看见一条小溪流弯弯曲曲穿村而过。溪上横着许多小桥——有平架于水上的独木桥、石板桥，也有弓起腰身的石拱桥。伫立桥头或沿溪边的鹅卵石路漫步，随处可见大大小小的鲤鱼，丹红色的、金黄色的、荷绿色的、灰黑色的，以及杂色斑斓的，成群结队，熙熙攘攘，或游动于水波之间，载浮载沉；或出没于菖蒲丛中，时隐时现。它们不但不怕人，反而"闻人声而来，见人影而聚"，一旦听见有客人的脚步声，便争先恐后鼓腮奋鳍，蜂拥而至，如迎宾队伍在水中展开彩旗，挥动花束，手舞足蹈，欢呼跳跃。最有趣的是，当我掰一块光饼贴近水面时，鱼儿们一拥而上，先到者抢走饼块，吞咽之声喙喋可闻；后来者似乎心有不甘，还跳上来触碰、吮吸我的手指。我此刻仿佛变成了欧洲中世纪的贵妇人，正有许多骑士在向我跪拜、行吻手礼呢！那淡红色的鱼唇，滑滑的、黏黏的、冰凉冰凉的，简直妙不可言。细看指尖下的鱼儿，小的一两斤，大的四五斤。听说，还有条重达二十多斤的黑鲤鱼，被人称为"鱼王"。可惜我恭候多时，深居简出的王者却始终不肯赏脸接见一下我这远方的不速之客。

尽管鱼王有点架子，但浦源的村民却古风淳朴、热情好客。那些在屋檐下晒太阳、烤火笼的长者，那些在溪边挎着竹篮子洗洗刷刷的妇女，那些在桥上桥下追逐嬉闹的幼童，纷纷围拢过来。一位中年汉子不无自豪地告诉我们：这就是我们的鲤鱼溪了，别看它流经村中长不过五百多米，宽也不过丈余，但却聚集着成千上万条鲤鱼！自古到今，村民严守老祖宗立下的规矩，对鲤鱼绝不捕食，绝不伤害，鱼死了，还要举行隆重的鱼葬仪式。而鲤鱼们也通人性，洪水一来，纷纷钻进溪岸的洞穴，或用小嘴紧紧咬住绿菖蒲的根部，绝不随波逐流，离村远去。偶有被洪水冲走的，一旦听不见人声，无论如何，也要拼全力逆水洄游，连蹦带跳，回归我们这浦源老家呢!

一席话,听得我目瞪口呆。在我们的国土上,有许多自然保护区,但像这样由群众自发创立的鲤鱼保护区,我平生还是第一次亲眼见到。回到县里查阅资料,方知该村村民多为郑姓,在溪中放养鲤鱼的习俗,始于南宋末期,其首创之功,当归郑氏八世祖晋十公,是他召集村民订立乡规民约,禁止垂钓捕捞,违者严加惩处。越数日,他还故意唆使孙子下溪捕捞一尾鲤鱼,随即宣布其违约,鞭笞示众,以儆效尤。从此之后,护鱼之风,代代相传,距今已有八百多年了。

八百年风风雨雨,其间又有多少天灾人祸!而可敬可钦的浦源村民却一以贯之,人与鱼相亲相谐,这是何等绚丽的文化景观!

时隔二十三年之后,2006年春,我再次来到周宁山城。听说旧游之地鲤鱼溪已开发成游客云集的鲤鱼溪公园,有关人鱼相亲的故事,早已上了中央电视台的屏幕,写进北京市小学的语文课本,成为人与自然和谐共处的绝妙教材！

对此，我不免喜忧参半。喜的是，古老而又寂寞的鲤鱼溪，终于走出周宁，走出闽东，得到全国范围的广泛认可与喜爱；忧的是，它会不会由此横遭无节制的开发、建设性的破坏，而丧失原先的淳朴与宁静？于是，作为退休老人的我，怀着忐忑不安的心情，走进年轻时的旧游之地。

幸好，古色古香的浦源村旧貌依然。小桥流水依然在，锦鳞鱼儿依然在，鲤鱼溪两岸，那些明清时期留存下来的古民宅依然在，屋檐底下，捂着火笼晒太阳的老人们也依然健在，只是我不知道他们是否就是我二十三年前所见到的那一群？二十三年前，我血气方刚、风华正茂，如今，也过了花甲之年，到了该到屋檐下和他们一起晒晒太阳的时候了。时光，犹如桥下的流水，总在悄无声息地流淌着，流逝着。

幸好，到了鲤鱼溪的下游，展现在我面前的鲤鱼溪公园，占地只有五亩，船形的郑氏宗祠依然在，高耸的柳杉依然在，柳杉下的鱼冢依然在，只不过在它们之间，增添了一泓碧波、一架拱桥、一尊鲤鱼仙姑的雕塑，以及在新栽的花木丛中，点缀的若干亭台楼榭。其总体布局还算得体，并未破坏延续八百多年的原始风貌。

那天，游客不多，而村民中的青壮年也很少看到。村子里静悄悄的，几声鸡啼，几声鸟鸣，更显得有点冷寂。我正为此纳闷，当地导游却一语道破其中的玄机。原来，随着改革开放的春风吹进周宁的崇山峻岭，村民们再也坐不住了，再也不满足于日出而作、日落而息，只在自己的家园躬耕陇亩的传统农业生活了。近些年，光浦源村就有数以千计的年轻人，背井离乡，走出山门，义无反顾地闯天下去了。他们北上温州、上海，南下广州、深圳，或经商，或务工，或办起大大小小的民营企业，一个个都成为商品经济大潮中的弄潮儿。只有到了每年临近春节时，他们才开着小轿车，从各地衣锦还乡、满载而归……

显然，浦源村的新一代人，再也不像鲤鱼

溪里的鱼儿，每逢发大水时，总要紧紧咬住溪边菖蒲的根部，舍不得离开自己的家园。他们，倒像是源源不绝的溪水，哗啦啦地往外流……

我忽然想起一个问题：假如我是一幢老宅，是伸展双臂，把儿孙们紧揽于怀里，让他们留在家乡，几代同堂地厮守着田园和鱼儿呢？还是挥一挥手，放他们远走高飞，到山外面去发展，哪怕从此定居在外，成为城里人，甚至漂洋过海，成为异域他邦的新一代华侨呢？

这个问题，正是当下许多农村，尤其是东南沿海农村老人们所共同困扰的难题，但却没有统一的答案，更没有十全十美的答案。

溪边，那座古老的、建构形制有如船形的郑氏宗祠，还依然像一条大船，静静地停泊在夕阳的斜晖之中，门口那一株高大的柳杉，也依然像一根桅杆，高高地升入天光云影。人们常把人生比作风波浩荡的水上航程，而把家乡当成平静、安宁而又温馨的港湾。但港湾再好，也无法阻挡船儿再次拔锚启航。也许，这就是浦源村的先民们，为帮助子孙们破解难题，所留下来的一种暗示、一种隐喻？

我想，不管儿孙们是浪迹天涯海角，还是远走异域他邦，只要家乡还有老宅，老宅前还有一条小溪，溪里还有鲤鱼，溪边还有一群或一位老人，正心平气和、悠然自得地晒着太阳，这就够了。因为他们走得再远，也走不出亲人们的视线，走不出对家园的温馨记忆。"直挂云帆济沧海"的船队，总有一天，还要驶回始发港，在亲情的沐浴中重新获取前进的动力。古人云"上善若水"，诚然，信然。

又过五年，2011年12月9日，我第三次来鲤鱼溪时，已是年近古稀了。我拄着拐杖，由同伴搀扶着，亦步亦趋走进古村老街。时令正是寒冬，天气预报那天雨夹雪，晒太阳的老人不见了，鲤鱼们也大多钻洞取暖去了，但它们仍然派出一队勇敢的代表，像坚持冬泳的人们一般，到桥下载歌载舞欢迎我们，那五颜六色的泳装依然光彩夺目，让人从心里感到温暖。

为了避免跌倒，我走走、停停、看看，向这些久别重逢的老朋友不断行注目礼。不知不觉间，已落在采风团的最后头。这时，前方传来鞭炮声和鼓乐声，有人招呼说："今天正好有鱼葬，你们快去看啊！"于是，我加快步伐，赶上前去，好不容易见到那两棵挺拔的千年古柳杉，但树下的鱼冢早已被人群围得水泄不通。这时，鞭炮声和锣鼓声停了下来，喧闹的人声也随之消失了，只有许多手臂高举着各式照相机在人群头顶上晃动。我好不容易登上鱼冢的石阶，从人缝中挤进一看，原来是一位身穿长袍马褂的老者，正神情凝重地把置放已故鱼体的木盘缓缓地放在鱼冢前的桌上，再点上三炷香，倒上三杯酒，三拜九叩之后，开始吟诵起《祭鱼文》。我虽然难以听懂这用方言所诵读的文言文，但全场听众屏声静息，还是让我感受到一种难以言喻的敬畏之心、悲戚之情。诵毕，重新燃放鞭炮，敲响锣鼓，木盘上的亡鱼终于被放入鹅卵石垒砌的鱼冢中，告别阳世，入土为安。整个仪式持续约二十分钟，其场景之隆重、氛围之庄严肃穆，丝毫不亚于为亲人下葬。

祭 鱼 文

时维公元某年某月某日，鲤鱼溪人谨以三炷馨香、三卮清酒致祭于鲤鱼之亡灵而祷告之曰：

溯吾先祖为澄清溪水而放养汝类，蠡期繁衍，遂以涧里鳞潜而蜚声遐迩，迄今八百春秋。人谙鱼性，鱼领人情，患难与共，欢乐斯同。洋洋乎吹萍唼藻，悠悠哉喷沫扬鳍；聚水族之精英，钟山村之秀丽。纵来吕尚，不敢垂纶；倘莅冯骥，无由弹铗。罔教竭泽，若个敢烹！伫看云海飞腾，奋三千之气势；正待龙门变化，开九万之前程。奈何天不永年，遽尔云亡，人非草木，孰能忘情，瘗汝魄还招尔魂兮，以表吾侪博爱，惟祈汝裔蕃昌。

伏惟

尚飨！

浦源鲤鱼溪人同挽

遗落深山的明珠

事后,我讨来一份《祭鱼文》,细加品读。我不禁遥想起平生所读过的许许多多古之祭文、今之挽悼散文,所祭者、所挽悼者多为圣人、贤人、先人、亲人,而专为某一种动物所写的祭文,却还是第一次读到。此《祭鱼文》文长虽不足三百字,但却写得声情并茂、文采斐然,令人爱不释手。

此文不知出自何年何代何人之手,但代代相传,朗朗上口,文简而意赅,语短而情长。其状写鲤鱼之可爱:"洋洋乎吹萍唼藻,悠悠哉喷沫扬鳍;聚水族之精英,钟山村之秀丽",堪称可圈可点之生花妙笔。更可贵的是,字里行间,我们还可以读出先人的许多智慧,许多在当今世界也算是超前的先进意识。

诸如环境保护意识。先人在八百年前放养鲤鱼,目的很明确,"是为澄清溪水",是为保护饮用水之水源,不受污染。此其一。其二,生态文明意识。人鱼之间,人与地球、生物圈之间,完全可以和谐共处,达到"患难与共,欢乐斯同"的境界。其三,平等意识。鲤鱼溪的鲤鱼严禁捕食。不管你地位多高、名气多大，哪怕是中国历史上最喜欢钓鱼的姜尚（民间俗称"姜太公"），也不许你来此垂钓；最爱吃鱼的冯驩（又作冯谖，战国时齐人，为孟尝君手下食客），也不许你在此因吃不到鱼而弹铗（剑）唱歌发牢骚。保护鲤鱼，人人有责，谁也不能例外。其四，可持续发展意识。鱼祭的目的，是"惟祈汝裔蕃昌"，鲤鱼如此，浦源村的子孙后代又何尝不如此！

当然，此祭文毕竟滥觞于古代，"鲤鱼跳龙门"的思想难免贯穿其中。"奋三千之气势""开九万之前程"，表面上说的是鱼，实际上，也是先人对子孙后代科举仕途所寄寓的厚望。儒家文化的精髓是"孝"。曾子曰："慎终追远，民德归厚矣。"对此，朱子解读说："慎终者，丧尽其礼；追远者，祭尽其诚。"这一观念在民间深有影响。人在墓地，脚踩阴阳两界，必然会思考灵与肉、生与死的终极命题。人生在世，有生必有死。死亡是生命的一部分。凡热爱生命者，也都不必惧怕死亡。只有超越死生，才能领悟生命的意义。季羡林说："如果人生真有意义与价值的话，其意义与价值就在于对人类发展的承上启下、承前启后的责任感。"如此说来，生者为死者举办某种送别仪式，是完全必要的，这既是对已故生命的尊重，也是对未来生命的希望，不论对鱼对人，一概如此。

漈头记忆

张久升

土墙黑瓦、宗祠家庙、寻常巷陌……

千年古井、百年柳杉、流水人家……

雨天,像一幅古典的水墨画;晴天,似一曲悠远的乡村牧歌。走进漈头,就仿佛走进许多人共同的家园记忆。

漈头,顾名思义,村在漈瀑之头。如果村庄有姓氏的话,这"漈"就是这一带的姓。河流一路往东,潭漈层叠,也衍生了以"潭"和"漈"命名的小村。一水回旋,几株柳杉,村子就像种子一样散在了沿河。村边汩汩流淌的鲤鱼溪见证了这个村落的历史:唐乾符三年,河南固始县张氏先祖随王审知入闽,开疆拓土政绩卓著,被封为金紫光禄大夫梁国公。后来这支开基肇祖一脉迁至了这蒲山脚下的小平原内。村庄记住了这段历史，漈头人的笔墨里记住了这一段历史。当年梁国公所盖的"梁亭"几经修缮，依然如华盖一样坚守在古街中，为过往的村民遮风挡雨，成为时下村民们聊天聚会的"凉亭"。尽管物是人非，但"梁国家声远，清河世泽长"的对联仍镌刻在溪头张氏古民居的大门边。这副楹联既表达了漈头村民对拓基祖辈的感恩，又蕴含了对这个山村日后繁荣昌盛的祝福。此后，张氏、黄氏人家在此生根发芽，枝繁叶茂，直至繁衍成如今有八百多户四千多人的大村庄。

现在从屏南城关往宁德方向二级路，不出六千米就可轻轻松松到达漈头。举凡到漈头村游玩的人们，大抵会买上几块刚刚出炉的光饼，沿着村中的鲤鱼溪溯溪而行。这条宽不过丈的小河里游弋着数不清的各色鲤鱼，闻人声而来，见人影而聚。游人忙不迭地撕下光饼投入水中，立即引来一群一群的鱼儿抢食，水的笑纹一圈一圈地漾开，漫延到游人的脸上。看着鱼跃人欢的情景，坐在岸边老厝门墩上的那些着湛蓝布裳的老人也憨厚地跟着笑。而在游人眼里，那古朴的湛蓝，那安详的微笑，那身后洗得纤白的木屋，还有那土墙黑瓦，仿佛一下子就把人带回到久远的过去。由于古代陆路不便、水路顺畅，这里曾是建宁府通往福宁府、福州府等地的交通要道，是海陆往来的中点。有了这种地利优势，明清时期的漈头商贸经济十分发达。东西海盐山货、南北干果无不随南来北往的客商在此歇脚、交接。协和号、坤元号、金泰号……这些遥远的商号招牌，在村中耆老张贤基口中娓娓道来，足以让人遥想当年商贾毕至的繁华。物阜人不穷，"屏南好漈头"的声名就此不胫而走……

马蹄声去，喇叭声响，当年的那些商家早已淹没到历史的烟尘之中。只留下那些曲曲折折的青石老巷、那些落满烟尘的曲尺型的柜台，仿佛还在述说着当年的故事。古村里弥漫的一种宁静与古朴的气息，让你不由得放慢脚步。沿着曲曲折折的鲤鱼溪往上走，一排排、一幢幢明清风格的古民居在眼前铺展开来。马头墙，青砖瓦，飞檐翘角，你的目光贪恋地探寻着，最后停留在漈水路40号门前。门前默默伫立着石旗杆。推开古宅的厚门，一种宁静致远、耕读传家的气息扑面而来。跨过石门栏，穿过天井，踩上三级石阶，上得厅来，正中太师壁左右悬挂着梧桐木板联"养生谷为宝，继世书流香"，厚重的笔墨仿佛是当年房主人对儿孙的谆谆教导。房主人是被漈头乡民们敬之为"公"的张步齐。他是康熙年间的文武庠生，在当时的漈头来说不算富有，功名也比不过隔壁邻居的张方车、张正元叔侄两进士，但他的功德却为后人所乐道。雍正十二年，屏南从古田分县而治，建城需筑城墙、建文庙，张被聘为建城董首。县衙财力不足，张主动捐款以补烧砖之用。县官感佩其行，欲授官职答谢。张步齐无有他求，只说那就在砖上烧出自己的名字。于是，在屏南旧城关双溪的城墙上，就留下了富有特色的"步齐砖"。后来，屏南城关易址，岁月流逝，城墙坍塌，这些刻着名字的砖块也散落不存，真正留在人心的却是这样的嘉言懿行。在恪守儒家文化的传统时代，读书出仕、为官安邦当是报效国家的唯一渠道。学而优则仕也成了漈头人追求的理想，张步齐等人还在村里办起了慈音寺、北山书院。"四壁书声人静后，一帘花影月明初。"这样清雅的诗句就刻在古屋厢房的门上，夜深人静、挑灯夜读的情景穿透数百年的时光浮现在眼前。如果说漈头村是一本书，那一定是一本古香古色的线装书。乾隆三十五年，知县刘延翰到漈头村体察民情，当他听到朗朗书声不绝于耳时，十分欣然，当即题写了"士林硕望"的匾额。如今，这块大匾依然高悬于旗杆厝太师壁的上方。

读书出仕与外出经商拓展了乡民的视野，也将他们的审美意趣与人生理想凝固在了毕其身家所建造的房屋中——马头墙上的艳青泥饰、东西厢房的雕窗、厅堂正中几桌立面的镂刻……仔细读来，竟是"渭水访贤""张良纳履""三顾茅庐""闻鸡起舞""鲤鱼化龙"等一个个历史典故和传说。这雕饰，是主人对子孙后代勤勉致学、优而为仕的一种激励。这和村北头林立的石头牌坊群一脉相承,无不传达着漈头乡民"忠、孝、节、义"的道德规范和朴素理想。张贤基老人说,明清时期,漈头村科举及第有两百多人,无愧于远近闻名的"屏南四大书乡"之首。

说起祖上人物,老人们如数家珍。荣耀辉映乡间,故事已然远去。徜徉在这依水而建的明清古民居间,望着那些锈迹斑斑的铜门环、倾颓的墙垣、人去楼空的厢房、杂草蔓生的祠堂门口,我不无担忧地想,老屋终将老去,老人也终将故去,缓缓流淌的鲤鱼溪还承载得了那厚重的历史吗?

循着这样的疑问,我们被引领到隐藏在鲤鱼溪上游的耕读博物馆。这是怎样的农耕记忆啊!在这连片的十来座的清朝老宅中,分门别类珍藏展示着一万多件大大小小的农耕时代的生产工具、生活用具,大到一整架榨油机,小到一个谷物盒,既有皇帝颁下的荣耀圣旨,也有记载旧社会无比辛酸生活的典妻契、三寸金莲，每一件都是濛头过往生活的写照，每一件浓缩着耕读年代的记忆，每一件都记载着馆主张书岩老人奔走于阡陌老宅，与时光赛跑的故事。张书岩老人说，他最初只是尝试着收藏一些即将消逝的农用器物，当他退休后费尽余生精力做这事后，却赢得了八方关注。这个民间博物馆，每天都吸引成百上千的游人在这里品读徜徉。他们在这里看到了濛头耕读传家深厚的历史，更看到了濛头村千年的风骨。走出农耕博物馆，我看到小巷深处，老乡们正搭着木架，拎箕挥杵，重现着儿时见过的夯土筑墙的火热情景。冬日的阳光下，忽然让人有今夕何夕之感！

无疑，千年古村正在老去，老得剩下无数的根根蔓蔓。这根，是濛头村四周古老的柳杉那不变的守望；这根，是古村子民共同的信仰期待。每年农历十月二十七，濛头人共同信仰的齐天大圣的生日到来的这一天，举村杀鸡宰鸭，烧碱做粿，杀猪祭祀，演三天三夜的社戏，祈祷来年的风调雨顺、国泰民安。而如今，继往开来的漈头人已将神节演化为乡村一年一度的民俗文化旅游节。那些深藏在古宅大厝的匾额、题联被扛抬出来，举村巡游，让祖宗再光耀起来。古戏台上，锣鼓唢呐，铿铿锵锵，沉寂了几十年的平讲戏、木偶戏重新开唱，生旦净丑轮番上场，你唱我和。而得当年南少林铁头和尚武功真传的民间武术表演起来则虎虎生威，引来四邻八村的群众前来观看。人不论走得多远，故乡的根一直在心底滋长着。每每这样的时候，许多外出工作的漈头人就像得到召唤，呼啦啦地回来，啜饮一口千年龙井水，品尝一下货真价实的漈头扁肉，悠游于鲤鱼溪畔，漫步于深深的小巷，看看耕读馆里那些有着温度的老物件……

所有这些，连同古村那悠远宁静的时光，都将成为新的记忆，滋养来者的目光、往者的心灵。

漈水安澜

缪 华

重新打开一个意义或者空间是有难度的，难度在于，新的意义或者空间是无法靠想象来获取，因为对文学来说，在场很重要。

甲午深冬，我终于来到漈下村，尽管山冷水瘦，但实地走一遭，哪怕走马观花，也算了却一桩心愿。对这个如雷贯耳的村庄，我似乎有一种莫名的亏欠感。每次到屏南，当我提及没去过漈下的时候，当地那拨同样热爱用文字来表达意义或空间的朋友总会露出异样的神情。无须解释，我明了他们的心思，这么知名的村庄没去过，还怎好意思凭空说桑麻？

这个村庄确实很出名，它是宁德为数不多的国家级历史文化名村。那里曾在清代出了一个赫赫有名的人物，叫甘国宝，官至荣禄大夫、广东提督、福建陆路提督，从一品。若干年前，我写闽东历史文化名人的系列散文，曾以《虎贲总兵》为题写过他。漈下村正是这位戍台名将的祖籍地，尽管他出生于小梨洋村，但漈下作为屏南甘氏的肇基村，同枝连理，一样彰显着甘家的荣耀。

追根溯源，甘氏族谱有这样的记载："甘氏为渤海郡堂，入闽始祖甘德音于皇明正统二年同弟侄子，率二十余人由浙江处州府景宁县花桥头村迁居福建福州府古田县二十二都九保龙漈下。甘德音后仍归原籍，甘细旷留居漈下，开疆拓土。"一支由二十余人组成的小族群，跋山涉水、风餐露宿地由北向南随风顺水，走到了这个世外桃源的如瓮山坳。此处，群山环绕，挡住了兵荒马乱的岁月；双溪经流，满眼是鸟语花香的景色。于是，甘氏先人如草芽般在这片要风有风、要水有水的土地上生根，开花，结果。

在甘氏族人的经营下，漈下不断完善着"飞

凤落洋"的地利基础。甘氏认为，若要凤落，就不可墨守成规。否则，那可能就是三国时期的"凤雏"庞统的"落凤"结局。于是，总有标新立异的想法被付诸实施。筑城墙、盖城门、开沟渠、引溪水，这还算中规中矩，但修建天圆地方的马氏仙宫，开设场馆教授弟子武术，谋划把村庄建成固若金汤的"石臼"，就显得出格了。山高皇帝远，没见过大世面的邻近村民哪晓得甘氏的良苦用心，只觉得与众不同罢了。

正因为有这样的出格，才有出众的名声，才有出色的人物。甘氏来屏的第二代、第三代，就已然成了当年古田县的大户。在屏南未设县时，漈下甘与洋角郑、富达蓝并称古田的三大姓。而最出众的当数甘国宝。据记载，他自幼敏而好学，顽而好武。小梨洋村迄今还有他小小年纪就持棍棒打小禽、自制弯弓射杀小畜等出格的故事。后来，他父亲为了给儿子寻一个更好的发展空间，效仿战国的孟母三迁，从小梨洋迁到古田长岭再迁往福州文儒坊。甘国宝如虎归山，中进士取功名，授官职担重任。尤其是他的两度戍台，严守海疆，倡导礼仪，抑强扶弱，使"兵安其伍，民安其业"，受到台湾人民的爱戴，为台湾的稳定和发展做出了不可磨灭的贡献。

有了甘国宝为引，我对这个村充满着敬意和好奇。至村口，所见果然与众不同。那条甘溪和溪上的聚宝桥、沿溪两岸的清代民居，还有旋转的水车，历历在目。同行的甘氏后人、作家禾源看出我的欣喜，笑问，你是自己看，还是听我说？

贸然行事，自然得不偿失。

禾源在村口的展板前向我介绍着村庄的天时地利。漈下村坐东朝西，庐舍依山沿溪构筑，成曰字形布局。甘氏家谱有诗云："九苞六象负神奇，未许寰中借一枝。幸际光天同化日，鸣岗依旧快来仪。不是毫端墨未干，当空何必晒晴峦。分明扫尽千军返，秀插高峰与世看。桥横两涧接文峰，管领翔鳞底化龙。几见乘雷烧尾去，未从崮里托真踪。"这里说的就是漈下的地理。村口的聚宝桥又称"漈川桥"，始建年代不详,清光绪三十三年冬月重建。桥底两端各有一排原木构成的八字撑,是屏南县唯一的八字撑木构廊桥。桥上神龛祀玄帝,为全国重点文保单位。

穿过聚宝桥、飞来庙,往前行走数十米,就到了缓缓转动的水车旁,一条甘溪把村庄一分为二。临水而居,显示着村民的智慧。沿着挂着红灯笼的雨廊步入村庄,穿行在黄墙乌瓦的老厝间,油然而生一种思幽怀古的情怀。

在风雨的侵蚀下,那黄土筑就的墙面被剥落出凹凸的痕迹,有鸟儿在那用小爪子掏出个洞做自己栖身的小窝。探头见有人来便倏忽惊飞,给寂静的村庄一声提示。紧闭的柴门隔断了流水的喧哗,侧耳细听,依稀有人语。我不敢造次,只能驻足在青石门墩旁想象着门内的安逸和从容。

不远处,是一座小木桥,不长,禾源说那是花桥。对花桥,我情有独钟,因为我曾经写过一篇题为《风过花桥》的散文。当然,那花桥在蕉城区的梅鹤村。同样的桥名,让我产生了特别的亲切感。我看到正脊檩下"时大清康熙四十一年岁次壬午癸亥月甲午日丁卯时鼎建"的墨书，思绪穿越，仿佛看到了这个村庄在康乾盛世的辉煌，而屏南甘氏第九代后裔甘国宝，恰恰就出生于康熙年间、成名于乾隆年间。桥正中神龛供奉着观音，两侧有简朴的美人靠。桥虽小，却是村民聚会、休憩、纳凉的重要场所，也是村民烧香许愿、走桥祈福的常来之地。我突然想到，这甘氏先祖离开的故乡是景宁县花桥头村，这"花桥"二字有没有蕴含着对故土的怀念？

花桥边是一座古城楼，上书"漈水安澜"四个大字。据介绍，城楼建于明天顺五年，坐南朝北，为双层建筑，楼顶飞檐翘角，城门乃条石弧拱。登楼放眼北望，挺拔奇秀的文笔峰与城楼遥遥呼应。发源于文笔峰脚下的甘溪，宛如玉带绕着城楼向南流去，构成了漈下独特的地理屏障。尚存的三里长的古城墙上，那历经多少足迹的鹅卵石已有了苔藓，显然已经是鲜有人行了。"漈水安澜"，作为一个遗世独立的村庄,"安"却是最要紧的。漈水本起波澜,然而却以漈水安澜,一如以毒攻毒,那是一种何等的勇气和智慧,这应该就是甘氏繁衍的要紧之处吧。正因如此,村庄才始终处于安宁、和睦、稳妥的状态。当年的甘国宝也正是凭着来自故土的智慧和勇气,让因民族纠纷等波澜四起的台湾得以安定平静、和睦发展。

村庄有峙国亭与合璧堂,这些名称马上让人对这里的历史充满敬意,毕竟这里有一种传统的文化意蕴,再听一听当地文人的解释,那些修齐治平、忠义孝悌、公正廉明等中华精神大放光芒。峙国亭供奉的是关羽,有着习武传统的村民顶礼膜拜的必然是武圣。在峙国亭的台阶前,禾源告诉我一个漈下人隐藏的一个共同秘密,村人在外认亲,必问峙国寺有几根柱子、石阶有几级。答对,方认同乡。经指点,才明白这里为了巷道的顺畅,矗立三岔路口的亭子将原设计的十六根柱子减去一根,而台阶也对应着这个数字。

村人喜欢对外人津津乐道的，还有合璧堂。禾源曾在散文中写道："我就仿佛听到浑厚的领读和刚成年男子跟读的回音：'讲明孝悌、力读勤耕、和睦宗党、崇尚俭勤、敬长慈幼、恤寡矜孤、戒争息讼、扶弱抑强、敬修礼让、亲近善良……疾病相持、患难相济、紧急相周、随时奋勉、莫蹈非为。'原来，祭祖也是家教。铿锵有力诵读，就是甘氏世代做人做事的誓言。"家教的地点就在合璧堂。合璧堂还有个宗亲和睦的故事，说的是清嘉庆年间，甘氏二房建有公祠（官厅），房内有事，便在此商议；而逢年过节，便请戏班来此唱戏。长房无公祠，房下子弟也来凑个热闹，不想二房的子弟将长房子弟连人带凳统统赶走，并嘲讽：有本事自家建戏台去。长房受不了这等羞辱，欲举全房之力自建戏院。二房族长闻之，心生愧疚，毕竟同气连枝，如此行为有悖祖训，于是负荆请罪，以和为贵，愿倾全力与长房同建戏院。血浓于水，两房子弟捐弃前嫌，出钱出力。戏院建成后，取名"合璧堂"。

绕村一周，见村庄依然保留着数百年前的格局，明代的老街三横两纵，成日字形。溪水流经每家门口，人们可淘米洗菜，可浣衣濯缨，其乐融融。村里多有明清古厝，其中有福州十邑名祠之一的甘氏宗祠，有接待朝廷官员的官厅，有递送关文书信的驿站，以及钱庄、武馆等。而始建于明朝中期、重修于清朝晚期的马氏仙宫，是罕见的外方内圆建筑，殿内的平板天花及四壁隔板等处，均留有清代所绘彩画。而圆顶处的"方壶圆峤"匾，让我对道教的出处又长了见识。

树上群鸟停歇，溪里鲤鱼悠游，老叟花桥议事，幼童合璧诵读，到处是一片安详的状态。其实，一些事物的光焰，在初始时不过只是一个混沌的蒙眬意识，是后来人感觉到和赋予的，其本义和延伸义之间有着质的提升。比如"漈水安澜"四个字，原意是保佑村庄安宁。如今，"安"已然成为村庄得以繁荣的灵魂，成为村民得以繁衍的信仰。在似水流年的岁月里，这个与众不同的传统血缘村落,无论是迎仙祈福,还是设馆习武,也无论是历史,还是未来,为的就是这个"安"。

小园倾听王眉寿

乔 梅

从未见过才女王眉寿的小照与画像,然而,我认得她,认得她的夫君——末代帝师陈宝琛。缘分。

站在园中,望着满园已近膝高的荒草,任阵阵凉风将黄叶吹落在发梢衣襟。哦,那是20世纪90年代中期的一个秋日。我来到螺江边的陈氏五楼——陈宝琛故居。这儿,也曾是我的美丽温馨的家园啊。

1949年,大军渡江南下,来到螺江边后,首任闽侯地委书记兼军分区政委的我舅舅与任地委秘书长的我爸爸安家在陈氏五楼。从此,这儿的几座楼宇、花园便成了我们十多个兄弟姐妹的乐园。那时节,年幼的我们自然不知五楼真正的主人陈宝琛、王眉寿。

而今,我早已知晓了这一对在中国历史上曾叱咤风云的夫妻文人。但看眼前,园内似乎了无生气。嶙嶙瘦石倒伏在瑟瑟深草中,枯叶覆没了园中小径,池水干涸,园墙上的各式雕花漏窗凄清地俯视着曾花鸟繁盛的小园。园中,已不见了那数口精美的大水缸,王眉寿曾在这儿乐享侍弄金鱼之趣啊。人已忘了陈、王二人了吗?

我不由想起陈宝琛的诗句:"楼台风日似年时,茵溷相怜等此悲。著地可应愁躏损,寻春已是恨来迟。"

我缓缓走向沧趣楼、北望楼、赐书楼、还读楼、晞楼。轻步上楼,木阶梯已歪斜了,楼板吱嘎作响。

何处是眉寿相夫教子之所在?何处是帝师伏案为文之处所?我在北望楼二楼美人靠上坐下。楼里当年存留的王眉寿等女眷的珠翠,曾成了表姐们的玩具。美人靠边曾是表姐领着我们摘荔枝之处。但见如今栏杆已倾斜,楼边荔枝树已老，却与旧楼仍恋恋相依。坐在美人靠上，我在倾听，静默中听到了眉寿晨起梳妆的俏笑声，听到了她柔柔的诵诗读书声。

是的，我来此既是为寻觅我幼年的踪迹，更是来怀想此园的两位主人。

万缕思绪任意飘飞。我在脑中梳理着一代女杰王眉寿的人生轨迹。

想到女杰王眉寿，不可不提陈宝琛。

出生于名门望族的陈宝琛，其曾祖父陈若霖谁人不知、谁个不晓！曾祖父陈若霖官至刑部、工部尚书，祖父陈景亮清道光二十年考取进士，父亲陈承裘官至刑部主事、内阁学士兼礼部侍郎，而陈宝琛兄弟六人为名播世间的"六子科甲"。

十三岁中秀才，十八岁中举人，二十一岁中进士，以这样的学识，以承接祖辈"刚正清廉"遗风的人品，陈宝琛成了末代皇帝的老师，被皇上特赐"紫禁城骑马"。他重名节，辨忠奸，乱世政坛上刚直不阿，写下了流传后世的名句："委蜕大难求净土，伤心最是近高楼。"此诗句曾被人误认为自沉昆明湖的王国维所作，然这却实在是陈宝琛保持自己"冰渊晚节"的孤愤之心的写照。

"音实难知，知实难逢"——这是何人所作断言？自古起，女子的确常是孤单的，尤其在顽固的封建国度里，女子寻找知音更是极难。王眉寿有幸，她找到了知音，她找到了陈宝琛。二十岁，她便嫁给与她生于同年——道光二十八年的陈宝琛。他们的结合既简单又丰富，由此创造出了极致的美。

陈家自曾祖始，即极重课读，嫁入这样的人家，眉寿如鱼得水。

眉寿与宝琛同为书香世家出身。眉寿的祖父是工部尚书王庆云，弟弟王仁堪是光绪三年的状元，也是福州最后一个状元，曾在上书房行走，品德、文章、书法名重一时。书香濡染出的品格，使眉寿具备了与夫君一样的灵性与才情。"动心为有暗香来"，两人心心相印、恩爱绸缪。

说来也怪，凡载有古来才女生平资料的古

籍史册，总不见有对才女相貌的描述，我为之不平。面对五楼园林，我便在心中描画着王眉寿的模样、风貌：一双聪慧的秀目脉脉含情，一抹墨黑的齐眉刘海增添了儒雅，眉宇间与红唇边隐含着柔中见刚的韧性，一袭绣花夹袄与曳地长裙，透露出大家闺秀及才女的气质与魅力。

她相夫教子，温柔敦厚。在夫君的扶持下，她终成为历史文明中的一株奇葩，成就了兴办女学的典范。

那个秋日，我离开陈氏五楼园子，一股怀想、一股激情、一股惆怅，在我心中融合在一起，成为一阵阵萦怀的美感。

此后不同的年份，我又三次再临陈氏五楼，而每一次，都增添了对陈宝琛、王眉寿一生的追寻，增添了对他们精神的探究。

2006年，五楼开始抢修。2009年，花园重建。2011年，五楼、园林全面修复。五楼苏醒了，园林苏醒了。我与专程从京都来此探望儿时故园的兄弟姐妹们，一同漫步在这渐渐苏醒的楼宇园林间。

人生能得几春秋？我们回望自己的足迹，也探问两位名流的历史，与他们进行着心灵的交流。

幻真相映。池水如镜，池边、池底瘦石仿佛在问：可知我在此静卧了多少年月？又可知那年月这园、这楼中人有着怎样的故事？

过客匆匆，而故事如这石块，不灭。

我愈发为眉寿的故事感怀。

女儿如水。女性常是从情感的角度去看世界、看人生。人说感性的女人很少能在世上扮演智者的角色。眉寿却不然。她在此赏的是美景，抒的是雅情，干的却是实而又实之事。

在螺洲那座始建于明嘉靖年间的陈家祠堂里，有一块牌匾分外醒目，上书"闽峤女宗"，这是清廷颁赐的褒奖匾额，奖掖王眉寿为福建女学教育所做的杰出贡献。出身贵胄的眉寿却有着亲民情结。为了让女性能自立，在开明的丈夫大力支持下，清光绪十一年，她在福州创办了乌石山女塾，招收平民少女入学。光绪三十二年,她在福州光禄坊玉尺山房创办了女子师范传习所,自任监督(等同如今的校长)。传习所设"保姆"和"小学教员"两个班,招收了六十余名女学生。

光绪三十三年,她在福州文儒坊又设立了新式女子职业学堂——蚕桑女学堂,学堂分"刺绣"和"造花"两个班,每班收四十名女学员。清宣统元年,"传习所"和"学堂"合并为"女子师范学堂",校址在福州花巷,眉寿仍任监督。学堂为社会培养新式的女教师。这是福建第一所女子师范学校。

此前,眉寿的丈夫陈宝琛已出任鳌峰书院山长,办学宗旨为"三山养秀";又创办了东文学堂,后改名为"全闽师范大学堂",开设优级师范选科,这便是今日的福建师范大学的前身。

创办新式教育的同时,陈宝琛和王眉寿还在螺洲私宅与旧书院办小学校,招收平民子女。眉寿创办了绥和女子家政学校,教习文化、音乐、舞蹈、纺织技艺。陈家旧书院也被眉寿夫妻改建为螺洲两等小学。不久,绥和女子家政学校并入两等小学，眉寿亲任监督。学校引进西方先进的教育思想和教学方法，在家乡开了新式教育之先河。一种崭新的文化曙光展现在闽地。

读书是千古文人不能抛却的心绪，千年青史可否视为一部读书的历史？然而，陈宝琛、王眉寿并非旧时文人求搏功名之辈，而是为社会、为世人、为历史。于是，有了他们的洒脱、宁和，有了承诺，有了精神家园，更有了责任的沉重与崇高。

眉寿被誉为"女师之范""福建第一女教育家"。如此高的赞誉，实令在园中寻踪的我们感佩不已。

眉寿的女学堂培养出的才俊不胜枚举。名满海内外的女作家冰心正是从女子师范学堂走出的。清末"五子登科"、家族显赫的曾家曾宗彦的长孙女曾明，是女子职业学堂的第一届毕业生，留校任助教。此届毕业班的三十人共同开办展览，展出自己的课业作品，在社会上大受赞誉。曾明的作品尤为出色，她的刺绣《马》，独创了"仿真彩绣法",用比头发丝还细的彩色丝线绣出,色彩斑斓,从不同角度看去均产生不同的视觉效果。此作品1915年被推举到世博会展出,获得金牌,曾明因此获得"全闽第一绣手"的荣誉称号。《马》如今被收藏于北京故宫,为国家级文物。

对社会、对人的责任感,使才女眉寿那善良的心时时关注着平民子女。我们曾听闻这样一例:贫家女儿林淑柏三岁丧父,随母亲寄身舅舅陈萱春家度日。眉寿见到淑柏后生怜爱之心,不忍小淑柏依旧时习俗陷入脂粉阵中讨生活,便多次上门动员陈萱春送淑柏上学,终使萱春不忍拒绝。淑柏的裹脚布被扯掉了,捆绑心灵的绳索松开了,她入学了。淑柏发奋苦读,获得银质奖章。小学毕业后,淑柏却又面临失学困境。眉寿毅然决定为淑柏提供公费待遇,送淑柏进女子师范学校读书。由此,淑柏成为福建第一代女教师之一,终生服务于自己的母校。

这样的事例何止十数件、数十件!人们感

激并敬佩王眉寿。在她的诞辰之日,有人为她作了寿联:"夫门生天子,弟天子门生。"在她的感召下,螺洲乡人把林姓文昌宫改建成板桥社,把观澜书院改为观澜小学,培养于国于民有用之才。

王眉寿这等的襟怀、这等的业绩,使我对她的想象愈加真切、明晰了。因为,对正义事业的不倦追求根基于心底的丰富内涵,必然折射在外部形象上。她的柔美、挺拔的身姿与姣好、明朗的笑容,闪现在我眼前。

可叹王眉寿离世太早。1921年,眉寿在福州病逝,享年仅七十三。1935年,陈宝琛在北平(今北京)离世,年八十七。

这一对杰出的名流夫妻合葬在福州马尾君竹天马山的望龙岭南坡。墓前的一道照壁上,南面榜书"永式丰珉",北面榜书"山高水长"。永式丰珉——钦慕陕西丰地像玉一般的石头,朴实、晶莹、皎洁;山高水长——节操有如山高水深。八个字,正是陈宝琛、王眉寿高洁人品的极好象征。

站在五楼园中，我与兄弟姐妹们再次细细观赏曾令幼时的我们快乐无比的园林、楼宇。绿影照小窗，蒙眬间融汇着难以释怀的眷恋，是陈宝琛、王眉寿的眷恋，也是我们的眷恋。我不免浮想联翩，情思涌动。实有的，给我们以物象的美，而虚有的，给了我们精神之美。

看这园林如此素雅含蓄，就如中国山水画幅，住在此园中的人，心中怎会没有诗意诗境！园中久远的静默此时又呈现出往日生活的轨迹。我们在花木清池间倾听，从这儿的每一个角落似乎都能听到陈、王伉俪的语声，他们在此叹息、吟哦，展万般风情。啊，我似也听到我的舅舅在这儿的诵词声。古典文学根底深厚的舅舅对陈氏五楼园林及楼内藏书赞叹不已。他在这园林内、在诗词中与陈宝琛、王眉寿会面，与曾流连在螺江边的历代名士会面，长歌复低吟。

我家与五楼两位老主人的缘分并未终止在这五楼。陈宝琛将胞妹陈芷芳嫁给了台北望族"板桥林"林维源的侄儿林尔康——著名的"台湾林"。中日甲午海战后,日本强占台湾,陈芷芳回到福州,住进贯通杨桥巷与郎官巷的"台湾林"大宅院中,与严复故居一墙之隔。而我一家人后来曾在陈芷芳"台湾林"大宅院居住了近二十年。

冥冥中的缘分,更增添了我对陈宝琛、王眉寿的人生轨迹以及陈氏五楼的浓厚兴趣与情感。

再看此园林,往昔的雕花漏窗已不见了踪影,未免让人遗憾。各式漏窗实在就是各式美的镜框,在漏窗边移步换景,处处画面皆有情,观"画"是为审美,小园霎时便会盈满书卷气而更与居住其间的文人相匹配。

对王眉寿的怀想,对修复后的五楼及园林的回访,又使我心中浮起一种别样的感觉:眼前这已修缮得"富丽"的五楼、亭园,却不如原先那斑驳古木的楼宇与青苔环绕的古园那般奇美。古木、青苔、漏窗,更能唤起人的梦幻、念想,过去的故事由此也便会更为清朗。陈宝琛曾有诗句:"故林好在烦珍护,莫再飘摇断送休。"

不知彼时他曾作何断想啊。

沉醉间,我想,人们修缮五楼,仅仅是因为这是陈宝琛和王眉寿的故居么?我愿不全是。

是的,这里还应有美的遐想与哲思。

怀想南屿

曾小榕

南屿，对我而言，是一个最真实意义上的故乡。在这片土地上，我出生、成长、求学，直到十八岁那年，脚步随着大学梦一起远游。也是从此，故乡南屿成了我梦中的真、真中的梦。

生于斯，长于斯。悠深街巷的青石板上那深深的车辙让我感受着南屿历史的厚重，父辈们的举手投足让我感受着南屿淳朴的民风，南屿人勤奋、聪明、干练而又不事张扬的个性。

追寻历史的足音，南屿已走过漫漫千年了。在宋代，南屿被称为"修仁乡"。在明代，编写《闽都记》的王应山则把此地具体分为南、北屿：以锦溪为中心，溪之南岸为南屿，溪之北岸为北屿。随着时光的推移,人们取了南岸的南屿作为镇名。古老的南屿自古是闽江南港各乡及永泰县的商品流通集散地,有着"小中亭"之美称。如今漫步宋时被称"千螗里"的南屿街,只要您用心倾听,依然可听到来自宋元明清的熙熙攘攘的脚步声,一种共荣和谐的声音。

南屿位于闽侯县南部,面朝闽江,背依旗山山脉。有山有水的南屿,多姿并美丽着。

南屿的山美。南屿乃平原乡镇,但山却多,细细数之:旗山、太平山、蚬山、象山、饭甑山、笔架山、龙湖山、崎头山……自古以来为人们所向往,也令南屿永远自豪的当是旗山。旗山山势逶迤,层峦叠嶂,巅峰奇秀,怪石嶙峋,洞壑幽奥,处处有奇石,峰峰有洞府,以"三十六洞天,一百零八奇岩"闻名遐迩。旗山的深处溪谷纵横,流泉潺潺,植被丰富,草长莺飞。旗山的茶叶、珍丝笋、橄榄、生梅、酸枣等特产闻名遐迩。旗山还是一座浸刻着深厚文明履痕的文化之山。旗山的佛教文化渊远精深,曾以"九庵十八寺"称绝于八闽,那建于北宋大中祥符年间的石松寺的钟磬之声今天还是那么响亮，建设中的万佛寺也令人神往。历代的文人骚客悠游其间，留下了不可胜数的名诗佳作。其中晋朝郭璞在《迁城记》中就感叹"右旗左鼓，全闽二绝"。南宋抗金名将李纲也为旗山倾倒，说"旗鼓两山分左右，天然形胜镇闽州"。今天，挚爱旗山的南屿人在旗山建起了旗山国家森林公园，一个迷人的自然之园。

南屿的水美。闽江不仅从南屿依偎流过，还孕生了无数支流，缠缠绵绵于这片土地。美丽的陆锦溪、蓬莱溪、梧溪、梅溪、笔架溪绕汇于蜆江、白屿江、浯江、龙浦江，然后经过江口、尧沙、浦口、窗厦、元峰、六十份的水闸门，婀婀娜娜地纳入乌龙江、大樟溪，最后从从容容地东流到海；当涨潮时，又一路丰盈高歌，自由自在地，沿浦周折潆回，因此有了"环江第一名胜"之美誉。而南屿也成了名副其实的水乡。水乡的土地自然肥沃，物产也自然丰富，于是南屿又当之无愧地被美称为"鱼米之乡"。今天的南屿不仅是福州"米袋子"，也是福州的"菜篮子",有了万亩杂优水稻、万亩花卉、万亩六月麻、万亩柑橘树、万亩湿地松林,还有了千亩省定粮食高产示范田、千亩市控连片蔬菜、千亩优质龙眼、千亩淡水养殖基地……

南屿的人更美。千百年来,南屿的乡民们或耕读,或渔樵,或工织,或商贾,或官宦,用自己的勤劳和智慧,谱写着南屿历史的诗篇。如果您走进南屿的水西林古街,您也开启了南屿厚重文化的一页。水西林古街标识在一排以明太守林春泽故居为主体的建筑群上。八座古屋,砖木结构,面阔三间,三进布局,每座大门前为八字形马头墙。林春泽故居上方还挂着"六朝太老"匾额,显示与众不同的官家气派。采用圆雕、透雕混合技艺而精雕细刻的梁桁下的雀替、枋拱,植树莳花与奇石假山装点的后花园,工艺精巧的窗扇花格图案,富有地方特色的减柱杠梁式的木构架等等都足以令人叹为观止。水西林古街建筑群是府第与民居完美结合的典范。水西林氏家族则诗礼传家、名人辈出,在宋、明就出过二十多名进士,宋时九世祖林耕"父子八进士"的奇迹乃全国罕见。南屿还走出了闽学先驱"海滨四先生"之一的周希孟，与冰心齐名的女作家庐隐，"父女双院士"的唐仲璋、唐崇惕等等。南屿还是一个著名的"武术之乡"，宋鸿图是清代武状元，周子和、唐大基分别为日本著名武术上流空手道和冲绳刚柔空手道始祖。南屿还是一个著名的"烹饪之乡"，全国首批"八大名厨"，其中有三位都是南屿人："双强"之称的强曲曲、强木根，闽菜、中餐特级大厨周宗坤。南屿历来文化教育发达，古时私塾数量多、形式也多，单书院有声名的就有聚奎书院、台鼎堂书院、邦基书院，而今的南屿还拥有四所中学、十八所小学，一批又一批优秀的南屿人走向外面的世界。

　　山美，水美，人更美。美丽的南屿让人一见倾心，使人百看不厌，令人回味无穷。如今，南屿这美的资源被开发与转化着，千年古镇正展现着时代的新姿。

透堡散记

依 栋

少小时第一次去透堡,那是一次远足。那次步行刻骨铭心,当晚回家睡在床上,就跟甲壳动物蜕皮似的,浑身疼痛无法挣脱。当时是清明时节,整个学区的少先队活动,祭扫杨而菖烈士陵园。对于一个少年来说,来回二十五千米的行程,平生头一遭,算超大运动量。而参加工作后的探访,每每都未曾怀着沉静的心,那种走马观花的行程一般很是浮躁。

在我的印象中,透堡的宫庙寺观数量多。灵佑尊王宫、三仙观、文昌阁、净安寺、教堂……都在这个土地上,和谐相处。不同的家族背景,不同的家庭背景,不同的职业背景,每个人都能找寻到适合自己的精神力量。

相传灵佑尊王宫建于唐景福年间，据民国版县志记载，原名"灵瑞庙"，《郡志》作"炉峰庙"。虽然民间信仰场所的名称随着朝代沿革，但古人的心目中始终威力至上。当年，为彰扬灵佑尊王与戚继光灭寇功绩，乡间开展游神踩街活动。独特的民俗艺术形式铁机坪，在男女老少之间、平民与英雄之间架起了桥梁。

元至正十五年，北门外炉山麓建三仙观。道观原为六扇五间三进，前为天君殿，敬奉王天君、温天君、康都统、关圣帝君、玄坛元帅、赵天君等护法神像，但原有建筑于清咸丰年间倾圮。今天的观宇为当代建筑风格，世纪之交重焕新光。殿内供奉王、谢、章三仙，三仙坐镇三仙观。传说，唐开元年间有邑人章寿牧羊于此，得遇王、谢二仙，受学得道。

文昌，是天上星官的名字，叫"文昌星"，民间认为它是专门管理人间读书和文章功名的，也被称为"魁星"。据文物普查，这里的文昌阁是全县现存唯一的一处，别处的文昌阁先后湮没于历史长河之中。与文庙、奎光阁、朱子祠等相同，其精神均为儒家思想的组成部分，提倡忠孝节义。

传说古代有一个秀才，名字不可考，且叫"魁哥"吧。此人聪慧过人、才高八斗，只是长相奇丑无比，屡屡落第于面试。但终究文章好，乡试、会试又步步录取，一次次高中榜首。到了殿试时，皇帝看到他的容貌和画着圈上殿的走路姿势，心中不悦。皇帝问："你那脸是怎么搞的？"他回答："回圣上，这是'麻面映天象，捧摘星斗'。"皇帝觉得这人怪有趣的，又问："你的瘸腿呢？"他回答："回圣上，这是'一脚跳龙门，独占鳌头'。"皇帝高兴了，又问："如今天下谁的文章写得最好？"魁哥想了想说："天下文章数吾县，吾县文章数吾乡，吾乡文章数舍弟，舍弟请我改文章。"皇帝大喜，阅毕魁哥文章，更是拍案叫绝"不愧天下第一"，于是钦点状元。这个丑文人因为才学、智慧和发奋，后来升天成为魁星，北斗七星的第四颗，主管功名禄位。

表面上，这段传说轻松诙谐。无人不知，

从秀才到状元的路上充满艰辛，寒窗板凳何止十年冷？屡遭白眼、冷遇非一般人所能忍受，但内心的强大终于战胜世俗的牵绊。透堡人家敬重文昌魁星，数百年来也确实成就了一代又一代的才子。

郑鉴、郑思肖等耳熟能详的文人自不必说，单是普通的村民，其中不乏基层知识分子，就有诸多创举，敢于担当，堪称领风气之先。比如嘉庆间透堡开设了第一家典当铺，显然，当时活跃的经济活动吸引了县内外的金融人士，包括省城以及罗源的投资者。这个设在透堡下街林氏上祠的典当铺，运行多年基本顺利，不幸于道光初年遭遇火灾，林氏宗祠化为灰烬。随后祠堂重建，但合伙人各奔前程。后来陆续有人开设当铺，同业间的竞争在所难免。到了清同治三年，一家当铺被假票混入支取，损失严重，破产停业，名叫杨洪超的老板肯定叫苦不迭。今天叙述前朝往事，依然感慨万千。

宣统元年，辛亥革命前夕，古老的驿传手段与西方电讯技术互补提升，一条邮路从县城至透堡、马鼻，三日班，并开设邮政代办所。透堡位于邮路上，村民们自然受益匪浅。周恩来总理曾经评价邮电工作是"邮传万里，国脉所系"，老百姓的感觉何尝不是"家书抵万金"？在外创业的人，要向家里报平安，寄送一些钱帛，速度虽不比今天的快递，但邮路是一根敏感的神经，两头连着的都是亲情。

透堡的筑堡行动应该追溯到五六百年前，那时大明王朝的嘉靖皇帝在位。有一批类似海盗的劫匪，以日本为基地，活跃于朝鲜半岛及中国大陆沿岸。这些海上入侵者，其抢掠对象并不是船只，而是陆上一些富庶的村庄、人口较多的集镇。据载，海盗李七、许栋勾结倭寇以双屿为据点，四出袭扰福建沿海。其于嘉靖十九年侵犯连江一带，此后不间断攻掠连江境内定海、白沙等地，并流窜福州、宁德、罗源等处。嘉靖三十九年二月，倭寇又一次大规模登岸入境，并且为害三个多月之久，大肆残杀村民、抢掠财物。此次洗劫，全乡被杀被俘者有五百多人。由于倭寇的骚扰洗劫，大饥荒的阴影投射在这个曾经富足的鱼米之乡。

建筑城堡，保卫家园，很符合冷兵器时代的需要。这个想法在嘉靖四十年变成现实，乡民们推举李天麟为总指挥，黄元茂、杨文台等人协助领导宏大工程。为此，县官题写"保障"二字匾额以示嘉奖。嘉靖间，为了防患和消灭倭寇，快速预警、快速通讯成了当务之急，于是便在透堡制高点的峡口、龙头山、台岗建起三座烽火台，遗址尚存。这种烽火台在邻近的其他村庄制高点也还留有一些遗迹。此外，那些不具备筑堡条件的乡村，采取依山挖洞、藏粮藏人的方式，回避倭寇的锋芒，被统称为"千人洞"。

顺治十七年，郑成功部将陈尧策，由琅岐率兵进攻透堡，乡民杨道克临时组织数十人抵抗，由于兵力悬殊、寡不敌众，杨道克等人被迫撤退，从北门城墙跳下身亡。类似的武装冲突遍布福建沿海各地。清廷为阻止沿海地区的反清复明活动，实施坚壁清野政策，切断反清组织的物资接济，下诏沿海三十里以内居民迁居县城附近，透堡亦属调迁范围，房屋焚弃，田园荒芜。岭头的一块界牌，刻字"顺治十八年奉旨迁界"，依然清晰地记载了这段历史。

2014年5月，考古队在野外调查时意外发现，黄鹅鼻的历史可能延长至五千年前。这是一个新石器时期人类生活的遗址，过去是一座岛屿，周边是滩涂。经过五千年的风雨侵蚀，当时的那一群人在岛上生活的印记已经模糊不清。考古人员挖掘出陶器、贝壳、蚶壳等残片，并在土坑中发现了大量的填土遗留。当时人类生产生活状态，是否影响了今天的透堡？

如今就要建成的沈海高速复线，是又一条南北交通动脉，与温福铁路并行，在透堡的外围布局。看得见的车辆，像风，在热土上摩挲。

长教云水谣
何葆国

很长一段时间，我都不适应"云水谣"这个名字，这一切都是因为电影《云水谣》在这里拍摄了外景。事实上，这个隐藏在闽西南峰峦叠嶂之间的古老村落叫"长教"，已经叫了数百年，而更早的时候，它叫作"张窖"，表明这是张氏聚族而居的地方。在这片蛮荒而神奇的土地上，客家人与福佬（闽南人）在不断地对峙、摩擦和交融中壮大，客家话和闽南话成为通行的方言。人们辛苦劳作，繁衍生息，时间像流水一样哗啦啦地流过。

明洪武四年的春天如期来临，这个地方注定要起一些变化。一个叫作简德润的私塾先生，从西北十里外的村子寻踪至此，入赘张姓人家，连生三子，又娶卢氏生了五子。传说家里的母鸭每天都生双蛋，添丁又发财，他家很快成为当地的大户人家，子孙均以"张简"为姓。到了清道光年间，有个叫作张简逢泰的子孙进京赶考，金榜题名，当年为表彰他进士及第、光宗耀祖的石旗杆至今还屹立在和贵楼前。话说当年那主考官觉得张简这个姓不见于《百家姓》，要求张简逢泰择一而姓，逢泰便去张就简。新科进士简逢泰衣锦还乡之后，村里的宗亲便纷纷效仿，以简为姓。张窖失去了张姓，简氏索性把"张"简化为"长"。在当地通行的两种方言里，"张"与"长"的读音还是非常接近的。而"窖"字较为生僻，词意也俗气，他们就写成谐音的"教"字，政教风化，儒家所倡，这多有底气呀。从此"张窖"便成为故纸堆里的字符，而"长教"大行其道，沿用至今。

今天的长教隶属于南靖县梅林镇，所辖三个行政村：坎下、官洋、璞山。它们排列在蜿蜒的长教溪两岸，早年人们用跳石、木桥沟通着两岸的联系，近代则出现了水泥桥。长教溪由南向北，像一只母亲的手臂挽着这三个村落，从时间的尘烟中走来，又向着无尽的时间深处流淌而去。岁月悠悠，流水如斯，土楼像蘑菇一样长出来，榕树展露出华盖般的树冠，地上用鹅卵石铺成的驿道被人们的脚板磨得越来越亮，夫人妈庙的香火越来越旺……

我想起我第一次走进长教，应该是在1990年的某个周末的傍晚，那时我在附近的一所中学任教，周末不想回家，便踩着自行车随意地溜达，然后就来到了长教。当然我早已知道长教，班上好多个学生就是这个村子的。但我不是来家访的，我是为排遣郁闷的心情随意而来的。自行车轮下发出沙沙沙的声响，像是梦里的一支摇篮曲，渐渐把我带入恍惚的梦境……我的自行车停下来了，时间好像静止不动了，天地间霎时安静。这个古朴的小村子，这个远离尘嚣的世外桃源，一切都显得那么安谧而超脱。古宅、古桥、古道、古树，还有一缕古风悠悠地迎面而来。这里没有都市的喧哗与骚动，这里飘动的是洗尽铅华的淳朴和本真。我徐徐呼了一口气，如果我是一个诗人，亮出嗓子"啊，啊，啊"地抒情一通，那就大煞风景了。我只是用一声长吁来表达内心深处的惊艳与感动。第一次总是最美好，也是最难忘的，后来又不知有多少次来到这里，或独自漫步，或呼朋唤友，随心所欲地走，在漫不经心之际，许多的景致跃入眼帘，看得见，摸得着，可以走进，也可以亲近。"人生天地间，忽如远行客。"苍邈的思绪栖息在面前的景物上面，让人释怀、安然。这个美轮美奂、天人合一的乡村，适宜发呆，适宜邂逅，最适宜的则是迷路，因为不管你在哪里迷路，哪里都有你相见恨晚的美景，或许还有心仪的美人……

顺着溪岸绵延十余里的古驿道穿村而过，清一色用鹅卵石铺砌而成，它不知起于何时，村里的简氏族谱也语焉不详。老人说，自古以来，从汀州府到漳州府都要走这条古道。村里的老人都喜欢用"自古以来"这个词。他们说，自古以来，长教人就从这条古道走出大山，走到北京赶考，走到台湾谋生……当然他们免不了要提起当年考中进士的简逢泰,还有迁台裔孙、著名的抗日英雄简大狮。暑往寒来春复秋,夕阳西下水长流。官家与商旅从这条古道经过,一代又一代的长教人从这条古道出发。官人打马而过,清脆的马蹄声溅起全村人向往的目光。贩夫走卒肩挑手提,汗水洒落在脚下的石头上。

而每一个长教人从这里出发,上北京也好,下南洋也好,头戴一顶大竹笠,身背行李包裹,回头望着站在屋檐下送别的父母妻儿,心头一紧,只能加大步子往前走。这条古道承载了多少悲欢与离合、光荣和梦想。根据简氏族谱记载,简氏族人从第四世(明宣德年间)开始向外迁移,到缅甸、新加坡、印度尼西亚、泰国,及中国台湾、香港等地谋生,如今祖籍长教的台湾人就有二十三万之多。古道穿过的旧圩街,一排两层高的老式砖木结构房屋,上层为住房,两层之间以木质屋檐挑向街心,作为下层店铺遮阳挡雨之用,一如闽南的骑楼,又如湘西的吊脚楼,别具风情。一间挨着一间的店铺,山货店、农具店、中药店、打锡店、理发店……

|长教云水谣|

时光把脚下的鹅卵石磨得清光泛亮。有些路段甚至经不起风吹雨打，塌陷成坑坑洼洼，石缝里长出苔藓和杂草……后来这里被更名为"云水谣"之后，这条古道得到了彻底的修复，显得平整与光滑，一眼望去，逶迤于溪岸和山道间，间或有古榕浓荫蔽日。道旁矗立一座座土楼老厝，方形、圆形、椅子形，形态各异而气势如虹。岁月的磨砺让古道更加焕发出一种苍劲和大气，而古道上的旧圩街也变得热闹起来，游人与村人穿梭来往。店铺里的商品虽然还是以本地山货为主，像是虎尾轮、白奶根、金线莲、玫瑰茄、茶树菇等等，但也有了汉堡、水晶等，交织出一片传统与现代的繁华。

和古道同样古老的是古榕，它们像巨人一样伫立在溪岸道旁，远远看，铺天盖地的霸气外露。当你走进它们，你会觉得它们像饱经沧桑的老人，枝干参天，郁郁葱葱的树叶低垂着，硕大的根系在地面上如虬龙般盘根错节。我记得曾经好几个夏日的正午，就坐在榕荫下，遮天蔽日的树叶围出几个足球场大小的浓荫，凉风习习,吹到身上像水漫过一样舒爽。有老人就坐在树根上打盹,更多的是小孩子,围着榕树捉迷藏,追逐着,喊叫着,红扑扑的脸上闪烁的是笑容。我看到一个老人恍然从大梦中醒过来,他缓缓站起身,往树根上磕了磕手上的水烟斗。我忙上前询问他这些榕树有多大年纪了,他挥着手上的烟斗指着一棵榕树,不疾不缓地说,自古以来,它们就长在这里了。又一个"自古以来"。老人的自豪溢于言表。在这里一共有十三棵古榕树,据专家考察,树龄大都在七百年左右,个别的可达千年。一个村子里拥有如此密集、如此壮观的榕树群,不能不说是长教人的一种福气,前人栽树,历代相传的呵护,终成这片荫泽后人的福地。

如果说,古道、古榕是长教数百年宁静和惬意的见证,土楼则是长教人朝夕相处的亲人。据统计,长教共有四十多座土楼,此外还有几堵焚毁于太平军战火的残墙断壁。这些土楼多为四角楼,也有椅子形、长条形,当然其中最有名的就是和贵楼、怀远楼,这两座土楼如今都被列入了世界文化遗产名录。在和贵楼与怀远楼之间,还有一座建在溪岸的两层木楼,其建筑艺术也堪称一绝:洪水来时,主人可抽开底层墙板,让洪水通过,以免整座楼被冲毁,洪水过后下楼清洗,重新装上墙板,又是一座完整的木楼。后来电影《云水谣》在这里取外景,这座楼便成了男女主人公陈秋水和王碧云相亲相爱、私订终身的地方。

这个古老美丽的村子注定不会寂寞,电影《云水谣》在这里拍摄之后,很多影视剧的外景都对这里青睐有加,《沧海百年》《野鸭子》《海峡》等剧组纷至沓来。随着和贵楼、怀远楼列入世界文化遗产名录,更多的人慕名而来,长教的宁静被打破了。政府出于旅游宣传的考虑,把长教更名为"云水谣"。现在,"云水谣"闻名遐迩,外地来的人已几乎不知长教,对我来说,我更愿意叫它"长教",因为这是它的本名,一个有着数百年人文蕴含的符号。当然,你愿意叫它"云水谣"就叫吧,这或许可以算是它的一个新潮的网名。

月流烟渚
戴云飞

唐光启元年，唐末世乱，王潮（王审潮）兄弟自河南固始，随王绪举兵入闽。途中，王潮因杀狐疑偏狭的王绪，被推为帅；而后攻泉州，占福州，继而逐步统治了福建。唐乾宁四年，王潮病故，三弟王审知继位，后被封为闽王。王审知的二哥王审邽则为泉州刺史。王审知兄弟治闽期间，整吏治、轻徭赋、兴学校，福建成了乱世中的世外桃源。

王审知兄弟治闽，给闽地带来了经济文化的繁荣，也带来了人口的昌盛。入闽部众中，多数人就此留了下来，成为诸姓在福建繁衍生息的始祖。嵩口月洲张氏的先祖张睦，就是其中的一位。时张睦为主管商务的官员，对福建的经贸发展贡献颇大。后来，张睦的三个儿子也相继为官。

王审知勤俭爱民，去世后，二十年间五个儿子先后继位，却无不荒淫无度。是贤人，谁愿与之同流合污？因此，即便是重臣张睦的后人，也不得不萌生了退隐的念头。

兄弟仨经过商量，长兄张庑留在闽侯旧居，张膺、张赓两人则将目光瞄向了大山深处的永泰。

永泰这片土地，既陌生又熟悉。大樟溪曾一直是连接闽南与福州的一条重要水路。闽地多山，旧时交通极为不便，陆路时绝。水路虽然惊险，却顺畅便捷得多。当年王潮命王审知攻打福州，久攻不下，援兵及粮草就是自泉州经德化，由古镇嵩口码头，沿大樟溪源源不断运抵福州。泉州又自古是重要的贸易港口，张睦作为主管商贸的官员，自己和家人没少在这条水路上往还。大樟溪两岸旖旎的风光，肥沃的土地，早已印刻在他们的记忆中。因此，永泰成了张膺、张赓兄弟首选的栖居地。

兄弟俩起初择居的地点，一在汤泉埔，一在青铜溪（今青龙溪）畔，即今天梧桐镇的汤埋、西林村。两处相隔不远，想是寻求彼此间能有个照应。然而，张膺、张赓兄弟在这两个地方，前后只住了不到一年。

传说，一天晚上，兄弟俩做了个相同的梦，梦见金甲神人告诉他们：你俩现在居住的地方虽然不错，却不是久留之地。自此往上五十里，有小溪望南而流，桃花流水，环绕沙洲，那才是你们永久的家园。隔日兄弟相见，偶然说起此事，大为诧异，莫非冥冥之中真有天意？兄弟俩决定前去探个究竟。两人不日即雇用了一条船只，带着仆人，自汤埋溯流而上。正值阳春三月，乍暖还寒，两岸青山如黛，景色诱人。临近雨季，溪水尚未暴涨，却已日渐丰盈，只在一些宽阔平缓的溪段，船只可以撑行或者划行，其他路段，则需要船夫兼纤夫的牵引。而经小渭、大渭等大的滩濑，仅凭船上两名船夫，已是力不能及，需候得两三条船"拼船夫"——一个人下水在船头把握方向，其他几条船的船夫合在一起协力往上游拉。一条船拉上濑后，再拉另一条船。浸泡在寒冷溪水里的船夫，固然辛苦，行走在岸上的众人，同样艰辛，用竹篾编成粗硬的纤绳，深深地勒进船夫们的肩坎里，甚至磨出血来。如此走走停停，直至傍晚时分，艄公才说，差不多走了五十里路了。

兄弟俩一留意，果真就发现水面上开始漂浮着瓣瓣桃花。继续前行，花瓣越发密集，直至一小溪汇入大溪的出口——花瓣正是从这条小溪里漂流出来的。两人嘱咐艄公撑船折入小溪。但见溪岸两旁，长满了桃树，桃花正在春风里含笑开放，间或有翠竹绿柳，依垂水面，落英缤纷绚烂，有小船往还其间，童嬉于岸，渔歌唱晚，一派平和景象——这就是有名的桃花溪了。沿溪流绕了一圈，才知道绕的是一沙洲。弃舟登岸，洲北有房舍数处，为捷足先登的几户梁姓人家。四周群山环抱，先是有山包隆起，然后山峰依次升起，直入云霄。山峰或状如卧虎，如立象，或腾龙，异象纷呈，正所谓"祥龙腾飞，丹凤朝阳，文峰笔立，马港奔流"。站在洲上,不知桃花溪水从何而来,往哪儿去。洲上大片土地,仍长满了芦苇——长芦苇的地方,往往土层松软,土地肥厚,适宜辟为良田。无疑,这是一块风水宝地。

不多久,兄弟俩便举家迁至这片洲地,取名"月洲"。张膺居洲前,称"前张",张赓居洲后,称"后张"。从择取的地名可以想见,这片洲渚,形似"月"字。就形状而言,当然是初月、弯月、月牙,不是盈月。圆月是丰满的美,弯月则更具诗意朦胧之美。"月上柳梢头",若不是原诗中有特定场景,给人的具象一定是月牙,而不是满月。前人有诗云:"谁把玉环分两片,半沉江海半浮空。"碧波浩渺,如水的月光流淌在烟雾缭绕的洲渚上,天上半月,人间半月,仿佛便是专为描绘此处胜景。兄弟俩带着族人,在这片土地上搭寮筑舍,垦荒拓地,将中原地区先进的农耕文明,融入当地土著居民的生产生活经验,亦耕亦读,自给自足。

时光荏苒,世事沧桑,忽忽过了近百年。百年间,张氏族人聚居月洲,专事耕作,寂寂无闻。但在耕作之余，却从未放松过对子孙读书的督促。起初或许只是官宦世家遁入山林后选择的一种生活方式，沉寂了许多年后，再看外面的世界，族人难免心动。

书读得多了，也不能不受儒家思想影响。毕竟，"穷则独善其身，达则兼济天下"，以及"正心、修身、齐家、治国、平天下"，历来是读书人追求的理想。于是，北宋天圣二年，月洲村终于重新走出了一个人物——这一年，张膺的第六代孙张沃，一举考中了进士，那是永泰历史上的第一位进士。

传说，张沃七岁不能言语，一日过蛰龙潭，忽然吟出"蛰龙潭里蛰，潭上风波急。一旦飞上天，鱼虾不相及"句。这一说法有点牵强。张沃若是早慧，不至于七岁还不会说话。说这首诗是张沃年轻时作的，则大体可信。许多有志者立志，都在年轻时。

黄巢落第时题"反诗"《不第后赋菊》"待到秋来九月八，我花开后百花杀。冲天香阵透长安，满城尽带黄金甲"，是霸气兼杀气、戾气。幸好张沃的志向只是"鱼虾不相及"。蛰龙潭是张沃屋前桃花溪中的一小潭，张沃小时候常在潭边玩耍，后人把这首诗镌刻在溪边的岩石上，字体工整拙稚可爱，与诗的意境相一致。

张沃官至饶州都曹。都曹是什么官？不太清楚，官职应该不是太高。张沃的其他事迹，史书也不见记载。但作为从永泰走出的第一位进士，其象征意义远远大于考中进士本身。自此之后，张氏族人考取秀才、举人、进士，就像到后门口自家菜地里割韭菜一样简单。永泰在中国一千多年科举史上，出现过两大奇迹：一是宋乾道年间，七年间三科状元均由永泰籍人囊括；再一就是月洲张氏辉煌的科举成就。张氏在月洲这个小小的山村，以及县城登高山的分支（后世称"世科里"），不包括县外其他分支，一共出了四十八位进士、一位准状元（张景忠，太学两优释褐状元），其中两人官至尚书。张沃的弟弟也是进士。宋皇祐五年，张肩孟高中郑獬榜进士。之后，张肩孟的五个儿子，皆登进士第。父子六人六进士，朝野轰动，时称

"灵椿一株秀,丹桂五枝芳"。张肩孟十二个孙子,十人入仕,加上两个侄孙也在朝为官,祖孙三代同朝拥有"十八条官带",不说绝无仅有,怕也是极其少见的。

王侯将相,宁有种乎?月洲张氏家族显赫一时,绝非幸得。张肩孟及第前有诗曰:"君看异日擎龙手,尽是寒光阁上人。"这说明在此之前,月洲就建有供子弟授业的寒光阁。寒光阁是否建在张沃入仕之前,不曾考证,但它很可能是永泰最早的乡间授业之所,可惜只存遗址。张氏族人还在桃花溪旁的坡岸边,挖筑类似于北方窑洞的读书室,俗称"雪洞",相互毗连,一人一室。这无疑是一创举。虫鸣声、流水声、读书声,声声入耳,营造出一种促学的浓厚氛围,同时又彼此隔离,利于静心修学。张氏族人如此煞费苦心,人才辈出,理所当然。这其中,出类拔萃者,当属著名爱国词人张元幹。

张元幹(1091—1161),字仲宗,号芦川居士,父亲张动是张肩孟的第五子。张元幹十五岁之前,都在月洲的寒光阁和溪边雪洞读书;

十五岁后与在河北临漳县为官的父亲共同生活，结交名流，拜师学习；二十一岁随父亲到京都汴京入太学，至上舍生，释褐授官。张元幹一生只当过几任不大的官，且时间都不长，官场上并不得意。但张元幹的诗词创作，在中国文学史上占有重要一席。张元幹留存的诗文作品颇丰。1978年，上海古籍出版社整理史籍，出版了《芦川归来集》。2011年，张守祥先生主编的《张元幹诗词》一书，依据《芦川词》《芦川归来集》及其他文献，收集整理张元幹词作一百八十余首，以及众多的诗文。其中压卷之作仍是两首《贺新郎》。有这两首已经足够了，像张若虚一生只留遗作两首，凭一首《春江花月夜》，彪炳千秋。张元幹的《贺新郎》豪迈苍凉，更因透着强烈的爱国情怀，极受后人推崇。

月洲还出了另一个人物，那就是道教圣人张圣君。相传，张圣君出生于月洲，成长于永泰盘谷，得道于闽清。张圣君是闾山派道教。闾山和其他仙山不同，虚无缥缈，有说在闽江水底下，也有说是福州周边的某座山，平添几分神秘色彩。《闽都别记》载,间山山门原来三十年开启一次,陈靖姑进山修法时,长坑鬼和矮拔鬼作乱,在"十"字上面加了一撇,变成了"三千年"一开,后来自是再也没人见过山门洞开。张圣君在闽台的信众,已达七千万人之多,是闽台最大的农业神。

站在宁远庄前,俯瞰月洲,思潮澎湃。是怎样神奇的力量,赋予这个村庄不朽的永恒?或许,宁远庄和它主人张谦的胸怀,可以给你以启迪。张谦,清乾隆年间授文林郎,一个小文官,乾隆版《永泰县志》同校订;凭借祖辈留下的一些财产,乐善好施,曾捐资修葺县明伦堂、文庙等,建过富泉蜚英石桥。一年,张谦筹备将老宅拆旧翻新,不料木工在烘干木材时,把备好的材料烧个精光。张谦知道后,淡淡地说:"少了木料,那就改盖寨堡得了。"这才有了后来的宁远庄。走进宁远庄,门厅及正厅的墙壁上,依稀可见曾经贴满各类捷报。而墙壁的砖雕上,尽是"傲不可长""欲不可纵""志不可满""乐不可极"之类的警句。庄内倒朝楼的门楣上,则镌有"安宅在仁""迎风待月"等石刻。张谦的"仁",在上面的叙述中,已经领教;而"迎风待月",指的当然不是《西厢记》所描写的男女私会,而是寨堡主人张谦安然淡泊情怀的真实写照。"宁远庄",宁静致远,名副其实。

月洲还有许许多多的人物,许许多多的传说,仅仅这么一篇短文,显然不能尽述。

千年月光不变,依然流淌在这片洲渚上,仿佛静静在诉说着一个村庄的不凡。

闽南第一庙：九峰城隍庙

卢一心

平和县九峰镇，原名"九和"，又称"鲤城"，位于平和县西部山区，与广东省的饶平县、大埔县和福建省的诏安县毗邻，为闽粤边界重镇。九峰镇系原平和县治所在地，后经明、清、民国，直至1949年7月，中华人民共和国成立前夕，县政府才搬至小溪镇。九峰城隍庙是由当时朝廷委任的都察院右都御史兼巡抚，也算是平和县第一任县长王阳明亲手建成的。当时，南靖与广东、龙岩交界处发生了一次声势和规模浩大的农民起义，起义军转战闽粤赣三省边区，致使"三省震动"，朝廷派王阳明率三省军队进行"剿抚"。一年后，战乱平息，王阳明看到苦于兵灾匪患的当地老百姓日子艰难，经过仔细考察后,上奏朝廷,"于河头添设一县治,外足以控制(广东)饶平邻境,内足以压服卢溪诸巢,又且民皆乐从,不烦官府督责,诚亦一劳永逸之事"(《平和县志》第 974 页),取"寇平民和"之意,建立平和县。明正德十二年朝廷批准了王阳明的请求。就这样九峰成为平和县最早的县治所在地,之前为南靖县管辖。

也就是在这一时期,王阳明在九峰县城创建了该座城隍庙。当时的王阳明可能做梦也没有想到,该座城隍庙会成为闽南第一庙。而历史往往就是在这种偶然和必然中发生。当然,王阳明是"心学"之集大成者,或许这早在他的预料之中,或许这纯粹是一种天意,谁也无法讲清楚。

有关城隍庙,《说文解字》中说,"城隍"的"城"是指土筑的高墙,"隍"是指没有水的护城壕沟。作为守护一方的"城隍爷",顾名思义,就是城中最大的神。翻开中国历史和文化版图,不难发现中国也有一部历史悠久的"城隍文化史",其发端于周朝。《周易》中有"城复于隍，勿用师"之语。班固《两都赋·序》中亦有"京师修宫室，浚城隍"之语。城隍神的奉祀至明清时代达到鼎盛。明洪武二年（1369），朱元璋皇帝下诏加封天下城隍，并严格规定城隍等级，共分为都、府、州、县四级，还规定府、州县新官到任，必先宿斋城隍庙，以与神誓。九峰城隍庙占地约一千四百平方米，分为四殿，中轴线上仪门（后接通道式戏台）、凉亭、大殿、后殿依次排列，层门洞开，其中仪门、凉亭、大殿目前仍保存完好，是不可多得的纵列式乡土建筑组群。志书称其"庙宇轮奂，甲于他邑"。从建筑规模来看，九峰城隍庙当时就被"允以府级建置"，否则不可能有如此规模。

史载，府级城隍庙里通常会有比普通城隍庙更多的配神，而九峰城隍庙门口左右两边供奉的是马将军，也就是城隍爷、城隍妈出巡时的坐骑，这是少有的配置。据载，以前大小官员经过城隍庙时都要下马，由此也可看出其府级建置的待遇。另外，城隍庙里两边的横廊供奉着诸多神位，在伯公、观音、周公、施公、朱公。这些神明在民间影响巨大、地位尊崇,却安置在两边,足见其等级。

据了解,至今为止,闽南达到府级建置的城隍庙仅此一家,故十分难得。有意思的是,九峰城隍庙里供奉的城隍爷并非哪个大官,而是盛唐时期的著名诗人王维。王维在历史上影响力和地位自然不在话下,但被安排到这里来当城隍爷,确实很有意思。更有意思的是,在中国神秘而厚实的"城隍文化史"中,每个城市都可以有自己的城隍庙,而每座城隍庙里的城隍爷,也都可以不同,也可以相同,根据地方和等级需要而定就行,由此足见王守仁对王维的信仰和推崇。或许其中多少也跟王守仁和王维都姓"王"有关吧?当然,这只是一种猜测。

我想,九峰城隍庙之所以会被"允以府级建置",一定另有原因,应该和王阳明的极力奏请有关。王阳明在奏章中说,九峰处于"三不管"地带,是"化外之区"。"两省民居,相距所属县治,各有五日之程,名虽分设都图,实则不闻政教。""臣观河头形势,实系两省贼寨咽喉,今象湖、可塘、大伞、箭灌诸巢虽已破荡，而遗孽残党亦宁无有逃匿山谷者？征剿之后，复归据旧巢，乱乱相承，皆源于此。"为体现朝廷对这一地区长期动荡不安、未沐皇恩之区的格外重视，同时也为显示朝廷对平定东南动乱有功之臣王阳明奏疏的重视，朝廷恩准平和县衙与城隍庙视同府一级建制，这一"恩准"使得九峰城隍庙一跃而升为府级建置。

难能可贵的是，虽然同样历经风雨沧桑和时光的销蚀，九峰城隍庙至今依然保持完好。特别是其中的《二十四孝图》和《十八地狱图》不仅保持明代的风格和笔墨，而且其场面的恢宏和人物之众多，尤其是人物之形象和生动，更不是一般民间画家可以描绘出来的。来过九峰城隍庙、见过这两组图画的人无不赞其为大手笔。

城隍文化在民间之所以产生信仰并香火不断，我想应该和城隍爷留给民间"赏罚分明"的形象有关。当然，这也可能只是民间想通过城隍爷表达某种愿望并实现某种平等有关。到过城隍庙里的人就知道，几乎所有的城隍庙都挂着这样几幅同样的牌匾，即"纲纪严明""浩然正气""护国庇民""我处无私""节义文章"等等，还有诸如以下对联"作事奸邪任尔焚香无益，居心正直见吾不拜何妨""善恶到头终有报，是非结底自分明""善行到此心无愧，恶过吾门胆自寒"，九峰城隍庙也不例外，可见，民间对城隍爷满怀寄托并充满期待。

最后，值得一提的是，平和县九峰镇作为曾经的县治所在地，如今又是中国历史文化名镇，并不只是因为其有厚重深刻的城隍文化和信仰，同时也有许多著名的自然景观，譬如九峰镇又称"鲤城"，这其中就有许多美丽的历史故事和传说。此外，诸如双髻升曦、九峰返照、东郊春雨、西岭暮霞、天马晴烟、石潭秋月、笔山侵汉、碧水澄波等九峰八景，绝对风光绮丽，美不胜收。

文化湖头

蔡飞跃

> 湖头镇是著名古镇,隶属安溪县,湖头地处四面环山的沙谷盆地,文化积淀深厚,经济发达,自古就享有"小泉州"美誉。
>
> ——题记

探寻文化湖头的历史,李光地是绕不开的段落。

贤良祠是清雍正十一年朝廷赐祀贤臣李光地之所,站立在安溪湖头俊民中学边,前身是榕村书屋。盛夏时节,余晖伴我推开"榕村"朱红院门。一抬眼,坐西朝东的贤良祠扑入视域。这是座三进四合院式古建筑。祠南有一片荷池,一朵莲睡在另一朵莲的上面,池水蓝得纯净,蓝得深湛。风吹得很小心，唤醒池水，荡起一圈圈涟漪，抚摩我的脸庞。吸进胸腔的清新空气无比清凉，一腔舒展的惬意陶然欲醉。

榕村书屋是李光地清康熙二十四年创办的，"因有榕数株，阴数十亩而得名"，用于家乡书生读书、著述、讲学，时人因此称李光地"榕村先生"。

李光地，字晋卿，号厚庵，明崇祯十五年出生。李光地的仕途经历是丰富的，先后做过翰林院庶吉士、乡试同考官、通政司通政使、兵部侍郎、直隶巡抚、吏部尚书，最高官衔是文渊阁大学士。能做到这么高的官职，福建人可谓凤毛麟角。他勉力辅助康熙朝政、功绩卓著。三件事最广为人知：一件是告假回乡期间，收集靖南王耿精忠福州谋反的情报，托人呈送朝廷平定叛乱；另一件是举荐施琅从郑克塽手中收回台湾；还有一件是治理永定河水患。这些政绩，正是李光地一生受到康熙重用的因由。

读史使人长智，读诗使人聪慧，哲理使人深刻，伦理使人增加涵养，逻辑思维使人长于思辨。博览群书，可以开阔人的视野，扩宽人的思路。李光地不仅官做得风生水起，学术也颇有建树，著有《榕村全集》等书一千多卷，涵盖诸多领域，被誉为"理学名儒"，康熙帝称其"诵诗闻国政，讲易见天心"。一个士子，官场上做得有声有色，又为后人留下那么多的心得，在中国历史上，实不多见。

榕村先生是家族勤勉好学的标杆，他的弟弟光坡，家居不仕，只为潜心钻研经术。他的儿子钟伦、钟侨、钟旺均一生治研经学，既继承前人的研究衣钵，又有自己独特的见解。诗礼传家，湖头李氏家族曾得"四世十进士七翰林"的科举殊荣。

古榕是闽南乡村的标志。"榕"与"情"闽南方言同音，闽南人祖祖辈辈都和榕树相依共存，心目中的"情"树吸天地灵气，早已是神，时时都在保佑乡人。李光地珍爱的书屋与榕树为邻，是否也出于这样的想法？

李光地一生爱榕，他的诗作寄托着对故乡长髯飘飘的古榕的思念："南方有佳木，冬夏常青青。脂可杂金碧，文能拟画屏。幽根依洞壑，长于老郭埛。意色今如此，中应藏百灵。"榕村老人意犹未尽，又以榕为题材赋诗一首："独有榕村榕，低垂前古风。孤根吹不断，一水渡还通。偃蹶人何意，倾危神者功。每须风雨会，流韵清溪中。"他以榕自况，以诗言志，既歌颂榕树的生命力，也赞美榕树永不低头的刚强意志。难怪他把书屋命名为"榕村"，书籍取名为"榕村"。

祠堂左侧的碑亭引人注目。亭内竖立一方雍正帝颁赐的《谕祭文》石碑，称赞李光地"学问优长""卓然一代之完人"。碑后墙壁上镌刻康熙亲笔御书《巡子牙河建坝诗》，这是皇帝对李光地任直隶巡抚治理水患的褒扬。走入正厅及廊室，墙上镶嵌着康熙御书"恭监唐太宗劝农诏""太极图说""察永定河诗"碑刻，如此之多的康熙御书，显见他们"义虽君臣，情同朋友"的密切关系。李光地于康熙五十七年病逝，谥文贞，深得眷宠不难理解。倒是雍正登上皇位的第一年，追封他太子太傅，过了十年，赐祀贤良祠，这些复加恩崇足可令人苦思冥想。

我想起刚刚拜访过的新衙、旧衙、李氏家庙、问房、都督府……天气晴好,阴雨多日终于看到了太阳,我的目光以外,也许有几朵云彩。旧衙雅号"昌和堂",纵深五进,两侧建有护厝,典型的清代闽南传统民居。整座建筑形似殿宇,屋脊两端高高翘起,犹如灵燕展翅欲飞,乡间传说这座大宅第为宁海将军拉哈达所赠送。新衙又名"相府",与旧衙相隔一百多米,宅第中轴线对称排列,五进双护厝,形制典雅大方。墙面红砖拼贴工艺,显然受到西方建筑文化的影响。李氏家庙为明初李氏六世祖李森始建,清初扩建重修,俗称"大宗祠堂"。祠堂三进,是湖头李氏祀先祖、明宗规、行族事的重要场所。

李森是李光地最为敬重的先祖,有理由为他美言几句。他于明初富甲一方,仗义疏财,捐建县衙、县学等十多处,佐修泉州府衙、学宫……缘于有善于民,泉州东岳庙前曾建李公祠纪念他。在他逝世两百多年后,裔孙李光地以其赈饥、平贼奏闻,钦赐"急公尚义"匾额。急公尚义坊还在,依然孤立在泉州市区仁风门外。

那是一座三重歇山顶楼阁式石牌坊,立方柱十二根,面宽三开间,进深三开间。牌坊基本保持完好,石刻浮雕精美,是泉州市区三百余座石碑坊的仅存者。纪念祠、牌坊建在泉州府城,荣誉价值不可同日而语。

湖头可资欣赏的东西太多。旧衙、新衙厅堂悬挂三块康熙御书匾额,还有多行李光地诗句墨迹。一块匾额一个来由:"谟明弼谐"褒扬举荐施琅收复台湾;"夙志澄清"表彰治理直隶省水患;"夹辅高风"则是肯定其对康熙盛世的贡献……摘录的诗词让我惊叹李光地诗歌、书法的造诣。"家传一首冰壶赋,庭茁千寻玉树枝。""秋风为神玉为骨,词源如海笔如椽。""不作风波于世上,别有天地非人间。"……这些诗句既是诗人的内心独白,也是对后人的孜孜教诲。就这样,一代代背书包的古厝人,走进贤良祠,走出贤良祠,朝着心灵追寻的方向,脚步不停地前行。

行走老巷,那个时段,我拦截浮游的情思,

目光沉醉在一行古厝里，心绪穿过红砖的厚重在民风里游弋。与闽南其他乡镇不一样的是，这里的每一座老宅都有深厚的历史，其他地方大厝群大都由富商营造，而湖头的古民居则是"相第府衙群"。这些古建筑，铭记古代文人由学入仕的印迹。

湖头的书香，从它的一座古厝就可寻味透彻。这方青山绿水从来不缺少名士贤人，这些贤人，受到贤良祠熏陶的为数不少。

我在贤良祠里踱步沉思。无论是官宦人家，还是商贾名流，湖头涌现出诸多像李光地一样重视文化教育的热心人。近代的代表人物有同盟会会员、泉州黎明高中董事长李爱黄。他为推翻帝制、维护共和四处奔忙，还先后在家乡创办阆湖学堂、敦复学校和爱黄中学（今俊民中学），毕生致力振兴家乡教育。当代的李尚大、李陆大昆仲，创办慈山学园，支持创办慈恩小学、衡阳小学，捐资厦门大学、集美大学，三十多年来，兄弟俩在厦门、泉州捐资数亿元……他们深知人生最幸福、最自由、最快乐的事情，莫过于爱别人和为别人奉献爱心，因而一生乐善好施。

一座书屋唤醒了我内心深处最真挚的感动。生活中不能缺少感动，感动是一种无形的教育，是一种品质陶冶。感动是感情润滑剂，也是感情的催化剂。人，只有经常体味感动，心灵才会洁如雪莲。湖头最感动我的，是书香。我希望天天能有这样的感动。

迈出贤良祠的门槛，荷池写满了画意。展现蓬勃生机的万物，予我心灵的洗礼。

时光苍茫，贤良祠边的古榕已然消失，却见几株垂柳，绿色枝条与池水相映成趣。柳树没有榕树的伟岸，但它柔媚依依。我惊奇它的秀逸，那是一种难以形容的美、充满魅力的美。它水灵灵犹如出浴的少女，尤其是枝条摇风，像在窃窃私语。我沉浸在"含烟惹雾每依依，万绪千条拂落晖"的意境里，心中萌生如此联想：榕树的刚强、柳树的柔软，李光地兼而有之。

在贤良祠，我的身上沾满浓浓的书香，也看到了湖头新一轮文化大繁荣的前景。

客家人的朝圣中心

鸿 琳

田埂、河流、水牛，垂柳、稻浪、阡陌，还有不时走来的寻根谒祖的人群。这一马平川、良畴万顷的村庄，宁静、安详，既古朴又不失时尚，姓氏祠堂雕梁画栋，南北通衢车水马龙，小桥流水和亭台楼阁，粉墙黛瓦和马头墙建筑，彰显着浓浓的客家风情。曾经，无数中原汉民万里迁徙到这里繁衍拓殖，并以此为新的起点，播衍四方。她是亿万客家人魂萦梦绕的朝圣中心，她是亿万客家人的心灵归属，她就是世界客家祖地——石壁。

无论身在何方，当客家人风尘仆仆到了这里，每个人心中都会感到，这是自己的家！回家，这是一个多么激动人心的字眼，这是一个多么令人梦寐以求的期盼。一个人不管你走了多远，走了多久，但每个人心中都有一个家，石壁客家祖地就是亿万客家人共同的家。

"禾口府，陂下县，石壁有个金銮殿。"在石壁，流传着这样一首妇孺皆知的童谣。一抹霞光落在庄严肃穆的公祠之上，风和阳光俯身掠过金黄的稻田，几个头挽髻子的老妪坐在马头墙下悠闲地纳着鞋底。我向他们打听金銮殿在哪里。一个老妪拔下头上的银簪指着前方的客家公祠，不假思索地回答："在那里。"我顺着她的手指望去，夕阳下的客家公祠庄严肃穆，金碧辉煌，它后倚群峰叠嶂的武夷山脉，前瞰一马平川的石壁盆地。原来客家公祠就建在了传说中的这块风水宝地上啊！

客家公祠坐落在石壁土楼山，总面积达三千多平方米，是世界客家人的总家庙。客家公祠分前厅、主殿及后阁三大部分。前厅记述了客家姓氏的源流，中厅供奉客家姓氏的始祖牌位，后殿文博阁展现源远流长的客家历史文化。整座建筑为仿古宫殿式，飞檐斗拱，雕梁画栋，气势雄伟，蔚为壮观。

改革开放后，随着"客家热"再度兴起，各地客家后裔接踵而至宁化寻根觅祖。为适应世界客属寻根谒祖的需要，1995年，宁化县政府建成石壁客家公祠。2012年10月客家祖地祭祀主轴扩建工程竣工。

客家祖地牌坊、集散广场、寻根路、溯源桥、山门、祭祖广场、葛藤广场、碑亭、桅杆群、客家公祠，共同构成了供奉各姓氏始祖的总家庙。整个建筑群气势磅礴又不失独具匠心的细节之美，青砖白墙处处散发着古朴优雅的古典诗意，一砖一瓦无不在讲述着客家祖地的前世今生。

从1995年起，宁化将每年10月定为客家祭祖月。一年一度的世界客属石壁祖地祭祖大典成为全球客家人激活千年历史记忆的文化符号，寻根溯源、慎终追远的血脉桥梁。无论你是披着万丈霞光回来，还是淋了一身凄风苦雨回来，客家祖地石壁都会用母亲的温情和博大的胸怀迎接你的归来。

伫立在葛藤广场，细细品读著名作家张胜友撰写的《石壁记》，石壁的前世今生如万里波涛，令人激情澎湃、浮想联翩。

是啊，行走千年总称客，九九归一至此方为家。这些年我总是在人生的旅途风雨兼程、来去匆匆，我太熟悉一次次从天南海北，甚至远涉重洋归来的感觉了。只有家才是自己生命的巢，只有家才是自己生命的根。只要我一听到家乡的名字，心中便充溢着一种踏实、一种温情、一种彻底的放松。我想亿万客家游子也应和我一样，站在"怀祖殿"里，面对自己祖先的牌位，虔诚地敬上一炷香，千百年香火的传承巡回不止、生生不息。

寻梦，那发着青光的石巷

林仕荣

有一条小巷，它一直躺在邵武的和平古镇，也一直躺在我的记忆里，一直发着青色的光。由此，我一生的时光，也散发着那样的青色，长年累月，不曾黯淡过。

和平镇在邵武市火车站的西南方向，我去的那年，同学还没跟我介绍这里是古镇。只记得那里有很多条幽深的小巷。那些石板与墙根的结合处，长着青苔，远望深巷，阳光打在石头上，反着青色的光。这很容易让人想起戴望舒诗里写的那条雨巷，和那位姑娘。事实上那年我还没写诗，我的同学也没让我想起那姑娘。但是在二十五年后，我再次重返和平镇时，我以为，我就是那个诗人。

同学的脸，略显苍老，而模样依旧。我问当地的土话"你、我、他"怎么说时，他们还是说着我听不懂，也学不来的乡音。而说话时的笑容，却是比当年更为地道，像古街中那豆腐，实实在在。

没有了炊烟，似乎少了点什么，当年在同学家吃饭，一起生火做饭，那烟熏出了眼泪，却也熏出了长久的记忆。如今，抬头从深巷的夹缝中看见的天，还是那么的蓝，那么的远。由此，我深信那雨巷的姑娘，不曾从这里走过，却在这里隐居。

那肯定是多情的水，或忧伤的泪，在时光中淘洗，然后在古墙上隐约为如梦般的影子。那影子，忽而在发白的墙上，忽而在石板的反光中，又忽而随着你的眼睛，在你身后，在你头顶，有时还会在你脚下，发出跫音，长长短短，远远近近，像是在引领你走进某个朝代的记忆。这是些旧去的记忆，在发黄的纸间和老者的口中，更多的历史潜藏在石质的秘密之中，然后被我的目光一遍遍地擦拭，直至泛出耀眼的光亮。

　　和平镇，用四个城门构筑了一个永久的和平信念，也就此养育了一代又一代的优秀儿女。我只在北门谯楼的城墙上，爱上一小簇青草。它是多么的任性，点缀着比岁月还要古老的石头。在微风中，它或许会把那扇窗户推开——是的，我只希望能够推开就足够了。

　　而或许，它已经衔接了和平镇前世和今生的两重春色，一重给远方的爱人，一重给我这个寻梦的人。而我是带着一生不忘的记忆，已在去往苍老的途中，途经你的春色和坚韧的守望，便让我的等待嘘唏不已。

　　这深巷，或笔直，或陡弯，它都平躺着，任由你踩踏，任由你逗留。你在哪里，它就在那里。你走了，它还在那里。人们常常把它称作巷子，其实，它就是一些路，在围城之中通往未来的路。

紫阳宋风　光裕五夫
邹全荣

在武夷山东面的潭溪畔，紫阳楼就掩映在府前村参天古木之中，一代名儒、理学家朱熹在此生活、演讲、读书过。紫阳流风八百多年，宋代的文化积淀在五夫是那么丰厚，至今五夫仍享受着紫阳宋风的厚泽。可以说，五夫是武夷山东部宋风最浓郁的人文荟萃之地。

沿着梅溪逆流而上，途经下梅、上梅两个古村落，便开始翻越梅岭了。车几经盘旋，爬到了梅岭顶峰。往西北望，便是鹅子峰。山下是北宋词人柳永的家乡白水，再往东南方向望去，就是朱熹的故里五夫。而白水一带，自宋以来皆为五夫里间之一，宋风在梅岭、鹅子峰之麓，延宕千年。

/ 紫阳宋风 光裕五夫 /

五夫是朱熹在武夷山传扬理学的中心，是一块人杰地灵的土地。说五夫人杰地灵，是因为它曾经荟萃了以朱熹为代表的理学文化。朱熹是宋代文化群儒中的泰斗，在中国的思想教育界仅次于孔子。更何况朱熹在武夷山的四十多年间里，在五夫的时间是最长的。朱熹已由五夫里一位出类拔萃的贤者跻身于文化圣人之列，至于通过他教诲提携起来的贤能就多了。

位于五夫古镇的兴贤古街，是宋风最浓郁的地方。可以说，要是五夫没了兴贤古街，五夫就很难让人联想到它在宋代的文化风采了。把一条里坊街巷取名为"兴贤"，这是五夫人值得骄傲的。

把科举之风留在乡村，把兴贤之愿景寄寓于一条普通的街衢的名字中，看出五夫历代文运的昌盛。五夫先贤崛起之时，不忘桑梓后人之兴贤，确实高瞻远瞩。五夫自宋朝设坊以来，有六条沿兴贤古街设立的坊：籍溪坊、中和坊、儒林坊、朱至坊、紫阳坊、双溪坊。这六坊组成了兴贤古街。五夫的五条古街衢分别有一口井,当地人称"五贤井"。这些古井传说都掘于宋代,井水清洌,仍为今人所饮用。井,代表着故乡,大名鼎鼎的朱熹、胡安国、刘子羽等为施展各自的抱负,翻越关山,独在异乡为异客,临行前都不忘多喝几口故乡的井水。五夫最老的一口井在街南,石凿的圆井栏历经风雨千百年,岁月的磕磕碰碰使石井栏裂痕累累,村民们十分敬重这口老井,用两道粗厚的铁圈将石井栏箍住。

流连兴贤古街中,穿过一道道林立的牌坊,就感受到了古街的宋风依旧,确实耐人寻味。石坊门上分别镌刻着"崇东首善""五夫荟萃""天地钟秀""籍溪胜境""紫阳流风""三峰鼎峙""三市街""过化处""天南道国""邹鲁渊源"等历史名人的手书横额,它们仍在张扬着宋以来的文史风采,仍在昭示着日月。街头坊两侧竖立着的"兴贤书院""刘氏家祠""刘氏节孝坊""朱子社仓"等古迹,无不透射出宋风遗韵。

五夫的名人出了很多,尤其是五夫刘氏。

/紫阳宋风 光裕五夫/

在兴贤古街的刘氏家祠门楼上就雕刻着"宋儒"二字,昭示了刘氏在文化史上的地位。据说是刘氏出了五位大夫,也有说胡氏、蒋氏都出过大夫的,这"五贤井"顾名思义,滋养了五位贤人。宋以来五夫出的抗金英雄真是不少。五夫,五夫,这地名就充满了阳刚之气,多么雄壮呀!

五夫兴贤古街的凤凰巷里,曾经诞生过轰动全国的《社仓法》。如今"朱子社仓"的遗址静静地伫立在古巷中,一代天子都欣赏过的社仓,解灾民于饥饿中的赈济善举,映射出朱熹这位儒者不仅躬耕学术,还能体恤民众疾苦。

到五夫必须去一下府前村,屏山书院就坐落在这个规模不大的古村落里。最具宋代古韵的要算紫阳楼了。紫阳楼是朱熹在八百多年前授徒讲学的地方。紫阳楼已修葺一新,馆内悬有一幅朱熹的自励匾"不远复",耐人寻味。楼前一块空地上长着一片风水树。还有一棵苍劲的红豆树,每年都会结红豆果。紫阳楼的前面有一口干涸的方塘,四周是用鹅卵石砌成的,深五六尺。方塘里没有水不说，竟还被人占用去种了几畦青菜。塘沿上长满了芦苇丛。当地人说紫阳楼前的这口塘才是真正的"半亩方塘"咧！这口塘据传是当年朱熹在紫阳楼讲学时，带学生一齐修建的。如今真不该荒掉，应当清理出来，让它有源头活水，有"天光云影共徘徊"的景致。府前村的一整排旧宅风格一致，很美，雪白的马头墙展示了宋风遗韵。村民们还告诉我们一个秘密：武夷宫宋街朱熹纪念馆里的神道碑，原来就是立在府前村蟹坑刘子羽的墓道旁的，后来才搬迁到武夷宫的朱熹纪念馆里去了。谈到这件事，五夫的老人们都觉得遗憾。

八百年来，五夫人才济济，不囿于古风，能与时俱进，这得益于先贤们传播文化的濡养，先贤的品德光裕后人。八百年来五夫变化了，但遗迹尚存。五夫真的不错，至少在那个古镇里，我们还能感受到一代名儒的紫阳流风、朱子社仓的历史光辉、朱子理学的圣贤智慧，这足以让后人感到骄傲。

廖德明故里：槎溪古村落

林雪莲

一心想"放逐都市尘嚣，回归恬静生活"的你，景色宜人、充满人情味的古朴村落是否能给你一个新的选择？古村落里有密林溪流、烂漫田野、古屋旧祠，有深厚的文化底蕴，还有说不完的古老故事，遵循了千百年的习俗，都一一满足了每个人心中那抹难忘的乡愁。

槎溪村就是这样一个能慰藉乡愁的古村落。

槎溪村位于顺昌县元坑镇中西部大槎岭之麓，槎溪之畔。错落的屋舍白墙青瓦，像一丛丛蘑菇镶嵌在翠绿的山脚边。山中盆地开合有致，有着千亩平坦开阔、灌溉便利的肥沃田地，发源于大槎岭的槎溪从盆地中蜿蜒流过，环绕村子继续流向富屯溪。

遗落深山的明珠

始建于明清时期的槎溪廊桥安静地卧在村头的槎溪河面上。只见牢固站立在溪面上的粗重石桥墩上，圆木井式平铺叠嵌，再平放梁木建成桥面，桥面上盖廊屋。桥两头一级级的石阶，等待你我的脚步踏上。桥廊两边挂着的图文介绍，静静地向你讲述着这个古老村落的古今岁月。在桥两旁结实的木凳上稍作休息，依栏眺望烂漫田野，这里盛产西红柿、草莓、荸荠等作物，其中以荸荠最具特色。此时已是初冬，田地光秃秃地裸露着，尽情呼吸一下难得的带有泥土香味的空气，想象一下这里春天稻谷、果蔬碧色诱人的生机景象。这里出产的全是优质大米，曾是顺昌县四大圩市之一，也是全县四大米市之一。大槎米、大槎粉干曾经享誉全县。右边桥头下方溪旁曾有过村中最大的水碓，聪明的先人们借用水能加工大米、磨面粉、榨山茶油等等。智慧的先人拦坝建设廊桥，廊桥下河坝哗啦啦瀑布般的溪流落差产生水能带动水碓。看着溪旁平地上的水碓遗迹，穿透时光隧道，仿佛看到爽朗的小媳妇、含羞的大姑娘在碓房忙碌着,巨大的水能带动7字形碓头一下一下重重落在石臼里。碓房门前前来碓米的年轻小伙偷偷看一眼心中爱慕的姑娘。我在想这些小伙子的身影中曾有过年轻的廖德明吗?

正值午时,村子上空飘来一缕缕淡淡的炊烟,偶尔传来几声犬叫声,河面上吹来凉爽的风,轻抚你的脸颊,将你带入更深的探索中。

这样一个宁静祥和的山中盆地,这样一条清澈幽静的溪流,当初第一批踏入这个世外桃源的先祖们,该是多么欣喜、欣慰。

漫长的流亡日子终于结束,他们停留此地开基定居,开荒耕种,养儿育女,重教传文,薪火相传,在宋朝形成一个农耕文明的村落。村落又庇护着一代代的子子孙孙。这块灵秀宝地历史上出了不少名人,造就了一个有着深厚文化底蕴的古村落。

宋朝名臣廖德明(号槎溪),就出生在槎溪村。他是唐睦王府司马廖业的二十一世孙。廖业致仕后,由将乐莲花峰下迁槎溪入金溪口岸的蛟溪村，是槎溪廖氏始祖，其五世孙定居槎溪后，神童。宋朝顺昌出的神童如廖执象、廖衡、廖峣等都是槎溪村人。

廖德明是宋朝著名理学家朱熹的得意门生。他二十九岁中举人，三十岁中进士，官拜焕章阁大学士，三十四岁为宋光宗老师，五十一岁又当上了光宗皇帝儿子宋宁宗的老师，后受封武威王，死后葬于家乡，御赐"金头人身三十六葬"。

至今当地还流传着他的诸多故事。传说他到八岁还不会说话，因家境贫寒，他父亲想把他送人，又担心哑巴没人要。于是一天早上外出干活时，他将小德明带到龙归坋，放在路边，借口干活一去不回，想等有好心的过路人将其带走收养，给孩子留条活路。毕竟父子连心，中午一收工，廖父急忙跑到路边一看，小德明仍蹲在原处。令廖父喜出望外的是，小德明看见父亲，竟然开口说话了："这里四周九座山就像九条龙，龙头都对准我站的地方，这是九龙归坋的风水宝地，你把我丢在这里干什么？"这个话不像是八岁孩子说的话，也可能后人不断流传中有所加工过。我想小德明一个人在路边蹲了大半天，心里又急又怕，猛然间看到父亲，激动之下，开口说话了。我猜想其实小德明并不是哑巴，只因家境贫寒、营养缺乏，使得孩子身体虚弱，不愿开口说话。再说廖父听到孩子开口说话了，真是又惊又喜又惭愧，不知如何回答，只是背起孩子就跑。跑回家中，他高兴地告诉孩子母亲："我们的儿子会说话了。"母亲半信半疑，拉着小德明问这问那，孩子竟然都答得条理分明，把父母喜得双目湿润。父母经过一番商量，决定送儿子去读书，无奈没钱请先生。正在此时，村子附近山上紫竹庵的和尚化缘到他们家，见小德明父母愁眉不展，便问他们因何发愁，问清了缘由。和尚见孩子长得眉清目秀，便与他聊天，小德明反应敏捷、对答如流。和尚很高兴，决定带他到庙里，义务教他识字读书，父母听和尚这么一说，喜出望外。于是廖德明到紫竹庵读了十年书。其后他无意间拜读了杨时的书，深受启发，后来又去拜见适时在谟武文苑教学的朱熹。朱熹与之交谈后认为孺子可教,于是廖德明成为朱熹的得意门生。

宋、明时期,槎溪村出过进士六名。明朝进士邓元锡,官居光禄大夫。邓氏是槎溪村的又一大家族,村中有一座保留至今的邓氏古宗祠。

暖阳下,安适地徜徉在槎溪村中。在村民热情的指点下,来到邓氏宗祠。宗祠坐落于村尾山边田野旁,抬眼看到一座装饰精美的砖雕门楼矗立在眼前,楼后是屏风似的高耸云端的山峰,楼前是散发泥土气息的肥沃山谷垄田。

抬腿迈上宗祠围墙外的台阶,推门进入院子,只见祠堂大门口左右各有一个拴马石。门口正中间有一块停轿石。祠堂为三进院落,进入牌坊式门楼后,一进戏台,二进天井,三进正厅。正厅空间高大宏伟,是合族人聚居、议事、公祀之所。门厅横梁上悬挂着河南府水利通判升授怀庆府黄河同知河南邓金珊所立的"大夫第"牌匾。

这些名人的灿烂光芒，久经岁月的蒙尘，依然散发出璀璨光芒，照耀着这个名不见经传的村落，印证着中华古老农耕文明的"前世"与"今生"。古老的记忆随着时间的流逝，却越来越清晰，等待着后人细细品读、传承。

洪坑土楼的方圆
胡赛标

青山环绕、溪水潺潺、水车流转、静谧古朴的洪坑村，恍若隔世的梦，镶嵌在世界文化遗产福建土楼永定景区的偏僻一隅。它是一部需要不断解读的"活化石"。

从巍峨壮观的洪坑民俗文化村新牌楼出发，坐着电瓶车，再回到黛瓦红柱的新牌楼原点，正好是绕着洪川溪的一个圆。

矗立在中轴线上的木牌楼凝视着我，像一位峨冠博带的官员。周围是鸭子地生态停车场。青石弥漫，碧草萋萋，中门拱立，香樟婀娜。几处黑瓦土墙小平房。几棵硕大的古榕，虬茎系着红红的带子。让我讶异的是竹丛掩映下的方形小土墙：戴着人字形黑瓦，透着小气窗，穿着小石裙,腼腆而质朴。还有,大片大片的青石地面,居然镶嵌着一小摞、一小摞的黑瓦,画出短短的黑虹。木楼、青石、中门、土墙、古榕、红带、绿竹、黑瓦、中轴线,似乎都在暗示客家的文化密码以及"方"的蕴涵。

走过宽阔的石拱桥,一眼望见塔楼旁的游客服务中心。一圆二方的造型,黄墙灰瓦的色调,让我有种亲近自然的怡然。服务大厅游客如潮。来到客家文化展览厅,一座两层楼高的客家灯盏让我震撼。它是由厦门大学艺术系教授设计的客家生活用品。土黄的灯身,圆润而柔婉,亲切而温馨,短小的灯芯,橘红的灯苗,仿佛时光穿越,温暖了童年的梦,是客家文化薪火相传、生生不息的艺术符号。

蜿蜒的游步道,青石墁地,宛如弧形树叶飘落在洪川溪两岸。一排排碧绿的柚树闪过,一座座古朴的石桥驶过,一杆杆奇特的"客星"扑来:星状的树干上,刻着孙中山、叶剑英、杨成武、刘亚楼、陈丕显、张鼎丞、卢嘉锡、吴伯雄等人的名字,如群星璀璨绽放。画眉长廊，游人在休憩，在赏鸟。庆云楼古戏台，艳丽古雅，恍若画境，迎大龙、打新婚、走古事、做大福，表演各种民俗活动。但我更愿意凝眸方形景阳楼恢宏的气势，四层的窗眼、红彤彤的对联，以及左角静静注视我的瑞狮头。它绚丽沉静的眼神流露出丰富意味，让我痴迷，让我忘记时光的飞翔，让我联想墙背有灵性的石敢当、屋脊雕塑的公鸡或者墙上挂着的一面亮晶晶的镜子。不知什么前世因缘，蓝天、白云、田园、绿树、石桥、溪水、木廊、土楼，让我有一种亲近的念头，而且我喜欢它们营造的恬静、寂寞的幸福。我享受这种孤独而恬淡的美丽。有时我甚至幻想：许多年以后，如果我变成一棵树，那是多么宁静而美好的事。

有一条曲曲折折的上山步道通向宫殿式的奎聚楼，通向最高的观景台，我没有上去。府第式的福裕楼，也早已熟稔。穿过溪水潺潺的外婆桥，来到人迹罕至的林氏家庙。"国家一导"林日耕先生在讲解。我知道，林氏家庙蕴含着许多家族文化密码，它的秘密躲在对联的背后、石雕的图案中、鲤形的塘里，还未被发掘。二十四根石笔矗立在浓酽的茶色阳光里，或文官，或武将，流动着一种磅礴的气韵。石笔上都系结着红布带，雕刻着功名职衔的辉煌，在阳光下散漫出迷离的金色。我站在林鸿辉石笔下留影，他曾任福建省参议员、四县县长，是日本留学生。其二哥林鸿超是民国中央众议员。他们兄弟兴建了中西合璧的振成楼。而他们的父亲林仁山闯荡全国开设烟局，兴建了中西合璧的日新学堂与福裕楼。父子、兄弟的经历，让我想起一个词：见多识广。洪坑村三十八座土楼，每一座都是建楼者品格修养的雕塑。

溪畔榕荫下，十番音乐悠扬弹奏，苍老的表情凝重而虔诚。振成楼的天空浑圆迷人。它外土内洋，外圆内方，儒中蕴佛。它是传统的精灵，又是现代的文明。它是中国的话语，又是西洋的姿态。它是客家的元素，又是非客家的融合：地板土石相生，柱子木石相间，墙壁土砖相谐。它不偏执一端，不固执一点，包容、中庸、平和、大气，宛若那浑圆的天空与柔顺的墙体。楼外，竹林翁郁,水车悠转,草坪茵茵,塘荷滴翠,"世界遗产福建土楼"的蓝色标志石静卧门前……

从福裕楼的飞檐斗角,到振成楼的浑圆顺合,天空显得更亮,天地显得更宽。谁,第一个将方楼变成圆楼?哪一座是最古老的圆寨?……仍有许多"土楼之谜"需要时间来考证。但"方"代表一种坚守、一种正直、一种执着,"圆"代表一种吸纳、一种包容、一种变通。"方"是棱角铮铮的境地,让人敬畏;"圆"是圆通完美的境界,让人怡悦。圆通不是圆滑,正直不算成熟。孟子曰:"执中无权,犹执一也。"圆楼是一种文化隐喻:人生懂得包容变通、适时进退、阴阳平衡,这才是美丽的。

伫立红灯高悬的仿古牌楼前,想想现在游人如织,日均游客达五千人次,节假日平均游客达一万人次以上,我亦喜亦忧。回眸余秋雨大师的题字"着土为大,因圆而恒",我的思绪一下又被点亮了:使用伸缩自如的泥土才能构筑宏大,因为圆通顺变才能永恒完美。我们平凡生命以及世间万物的奥秘,不也是这样么?

思想的蝴蝶

李迎春

夏日的阳光里,一只彩色的蝴蝶停伫在古田会址古老的瓦楞上,阳光下的翅膀晶莹而剔透。

这是一只思想的蝴蝶。

八十多年前,她由蛹而蝶,羽化成思想的精灵。建筑慢慢变老,她却由此而成长,不时地飞翔抖落时光的尘屑。这只从山坳开始飞翔的彩蝶,在梦想与现实中交融,双翅闪闪发光。

这是思想的光芒。

很小的时候,就从家里的搪瓷口杯上认识了"古田会议永放光芒"八个大字。多年以后,当我指着古田会址对外地朋友说"我的家就在这里"时,我的自豪感不言而喻。

每一次不经意地走在古田的历史与现实间,穿过旧址的厚重与后山的葱郁,那只思想的蝴蝶总在我眼前飞舞。我想象那个原本并不怎么漂亮的蛹,怎样破壳成为阳光下的彩蝶。

在宁静的山坳,那个软软的蛹曾经多么自然地躺着,因为尘封而显得光滑,没有角度让我进入。作为后来者,我以自己的思维构思着渐渐远去的记忆。翻开那本薄薄的红色小册子,《古田会议决议》带我寻找那些记忆中的峥嵘岁月,文字的力量再次让我感到历史中永不磨灭的光芒。

一支队伍不仅仅是因为流血而成为红色,更是因为与百姓血肉相连而成为红色。一个决议不仅仅是因为规定了制度而伟大,更是因为决议中包含了恒久的人性的光芒而伟大!我们不是党史专家,无法对历史考察入微。在《古田会议决议》中,我们依然读到了被称为人民军队的红军部队怎样建筑人民与军队之间的这座桥,我们依然读到了这支红军部队与旧式一切军队完全不同的风格与气魄。在"废止肉刑问题"一章中,我们看到了红军中用肉刑的生动例子。可贵的是,红军终于认识到它的危害,从此走上了同旧式军队完全不同的新路,红军作为人民军队的形象才真正开始。南昌起义党拥有了军队,但军队仅仅是作为打击敌人的一个武器,并没有与人民建立起真正的联系。只有在不断的实践中,在认真反思党和军队建设的古田会议中,才把党、军队、人民摆在了一个恰当的位置。《古田会议决议》中"优待伤病兵问题"一章同样闪烁着人性的关怀。我想,当我们这些后人读着这些文字时,更有理由比读到那些洋洋巨制更为感动。不管是一个军队也好,一个社会也好,关注下层,关注弱者,永远是进步的前提和基础。那些深至人性内心的关怀,有着温情的光芒。

那个蛹就在这光芒中破碎,蝴蝶完成了她美丽的蜕变。

我常想,为什么是这只蝴蝶,而不是别的蝴蝶。

这是一个争论不休的话题。从这个话题出

发，可以一脚跨进哲学深邃的庭院，也可以一脚走进迷信宿命的胡同。事实依旧，思索无限。

1929年冬天，时间已经过去很久，读起来却依然就在昨天。当你站在古田会址前，站在群山怀抱的腹地，我们实实在在地感受到伟人的存在。在这里，因为有了伟人与著名的古田会议，才有了会址，才有了古田，才有了今天的游人如织。一切都因1929年那个盛大的会议而改变。历史的力量往往使我们浮想联翩。参观完古田会议旧址、望云草室、蛟洋文昌阁，我们往往喜欢设想：假如红四军党的第九次代表大会在新泉召开，假如傅柏翠跟毛泽东、朱德一起革命，假如……其实我们都清楚，不管怎样，这次会议的深远意义不会改变，中国革命的进程不会改变，细微环境的改变不足以影响整个历史的进程。同样，我们也清楚，历史没有假如，发生了便如出闸的洪流滚滚而来，势不可当。

当车过山谷，沿着小溪一路奔来，远远看见一片苍翠的树林，"古田会议永放光芒"深深地映入心中。这时，你可能闪过一句"真乃福地"的感叹。然后，下得车来，导游告诉你，会址后面高入云间的那座山，轮廓分明，像是一个神圣的头像，当地人叫"主席山"；会址上方有一座古色古香的廊桥，是当年开会时红军站岗的地方，如今叫"红军桥"。诸如此类，一个个鲜活的情景保存在你心中，伟人和古田成为你崇高的心结。

我们看到，八十多年来，古田会议的思想在不断地重温中显示出重大的现实意义，而同样，伟人及其旧址地也不断被人覆上光芒。

珍惜这只蝴蝶。

闽粤赣边"百姓镇"
练建安

现代的城市社区,聚居着"赵钱孙李"百姓,并不是什么稀罕的事,可是,要说在某一个村落,群族聚居多达一百零八姓,这就有些名堂了。因为,我们知道,在咱们中国农村,一般是以一姓或数姓举族聚居为主要格局的,比如说,赵家庄、钱家村、孙家寨、李家围。

这个"百姓镇",在南方、在闽西粤东赣南层层叠叠的群山之间。

这个地方,过去叫"武溪里"。

如果您恰好沿长深高速公路或国道 205 线经闽西往粤东,不妨在一个叫"十方镇"的地方拐一个弯,到达武平县城。武所,即武平县中山镇,就在县城西南。

一路阡陌纵横，房舍齐整，炊烟袅袅，茶果飘香，却也没有什么特别令人惊异之处，不过，您很快就会眼睛一亮，因为在您的面前，错落有致地星散着一些古塔。

此为"七鞭打老虎"。

原来，武平县城为"五虎下山"形，而位于其西南的武所，则为舟（猪）形，为防猛虎南侵，立七座高塔，是为"七鞭"。

舟形之地，实为山间开阔盆地，四周连绵群山之上，有"九围十八寨"远近环列拱卫。围寨，是当地防御色彩极浓的村落。我们看《水浒传》，那水泊梁山，就是大名鼎鼎的围寨。

有舟就有水，这里有一条缓缓南流大河，汇入汀江、韩江入海，这条河叫"武溪河"，又叫"石窟河"。

农耕时代的文明，某种程度上可以说是河域文明。武溪河带来的是土肥水美，万商云集，舟楫之利，吞吐周边。

"明堂容万马，水口不容兵。"如此险要，《汀州府志》称"为汀州门户"，江西寻乌、会昌，广东蕉岭、平远，福建上杭、长汀，均在三舍之内，因此，不可不设防。

明洪武二十四年，此地设立武平千户所，简称"武所"，隶属福建行都司汀州卫。

设立武所后，便开始筑城。有道是"前代军师诸葛亮，后代军师刘伯温"。这武所城，民间传说正是刘伯温构筑，周长十里，城高而厚，有三城，即老城、新城、片月城，彼此勾连，互为犄角，外与"九围十八寨"首尾呼应，在冷兵器时期，可谓易守难攻。

传说明末一游方道士云游至此，登上武溪河边——武夷山脉南端高峰——长安嶂，俯视武所地势良久，连呼：怪哉，怪哉，怪哉，飘然而去。

怪在何处？土地丰饶、舟楫便利、客商云集则人丁兴盛，地势险要、控扼诸边则兵凶战危。

果然，此地在历史上风云迭起。而武所这一弹丸之地在日后群族竟聚居一百零五姓，却谁也没有料到。

/闽粤赣边"百姓镇"/

武所，户不盈千，人不逾万，地方不过十余平方千米，却聚居着一百零五姓。当地文史工作者说，武所过去曾有一百零八姓，只是近年人口减少而消失了一些姓氏，如"绿"姓，如今只剩下一位年逾九旬的老人。

为什么武所会有这么多姓氏群族聚居呢？

武所原有居民为蓝、雷、钟、盘诸姓及部分中原南迁姓氏。

而朱元璋一声令下，为武所送来了三十六姓。

在武所的北端，有一古旧宗祠，叫"紫阳祠"。这紫阳祠大有来头，是"三十六姓将军"的共同宗祠。

这三十六姓将军，多数来自安徽凤阳。

话说朱元璋于明洪武元年削平割据、统一天下后，见一群老家兄弟，个个脑满肠肥、身体长膘，忧从中来，适闻闽粤赣边群匪出没，便心生一计，唤人端来一大缸带毛牛肉，说是谁能吃下则免于出征。老兄弟实在不愿再四处漂泊了，有三十六个武官想起老婆孩子热炕头，咬咬牙关，毅然争先恐后，茹毛饮血，片刻将带毛牛肉一扫而光。各位正暗自得意，庆幸总算度过一劫，不料，那朱元璋龙颜震怒，一道圣旨赐下："食毛肉者，真虎将也，一体加封将军，出征武平，违者杀无赦！"

这三十六姓将军虽然后悔莫及，也只得打足精神，一路南下，千里迢迢，奔赴武溪河畔。

这自然是民间传说。

而"侯、毛、古、董、叶、夏、陶"等三十六将驻守武所军屯的说法，则于史有据，见《福建通志》或《武平县志》。

不过，有学者考证，明初曾滥封武职，这些"将军"，只是相当于现今连排级干部。

这"三十六姓将军"及其部属后裔，居留于武所，成为"百姓村"群族聚居的一大来源。

那位游方道士的直觉后来果然为历史印证。

清顺治二年，清军攻破宁波、绍兴、台州三府，直逼福建汀州。次年，清军李成栋攻克汀州城，连城、永定、漳平、上杭诸县纷纷归附，而武所一城，却坚守逾年后惨遭屠城。据《武所分田碑记》载："自顺治三年至五年止，陷城三次。"

三次陷城,三次成为"空城",周边姓氏则三次"填空",遂形成武所百姓村群族聚居的格局。

"继光如龙,大猷如虎。"在中华名将谱里,跳不过俞大猷这个名字,这位与戚继光齐名的抗倭英雄,其辉煌的起点,正是在这个叫武所的百姓村。

史载,明嘉靖二十一年,泉州人俞大猷任汀漳守备,驻守武所,作"读易轩",以《易》推演兵家奇正之术,日夜教习当地武士,以防患诸边匪盗。

不久,俞大猷在武所迎来了他军旅生涯中的第一战,海贼康老溯石窟河来犯,俞大猷挥军连战皆捷,俘获三百余人。

这一战,是俞大猷迈向辉煌的起点;这一战,俞大猷被擢署广东都司指挥佥事;这一战,使俞大猷离开了武所,离开了"读易轩",再也没有回来过。

荡平倭寇的"俞家军"中,就有一群百姓镇

子弟。

现在的百姓村,"读易轩"已坍毁了,在八大城门之一的迎恩门之上,已是荒草萋萋,只留存纵横数十丈的青砖和两根残缺不全的石柱。有人说,这就是"读易轩"废墟。

多达一百零八姓群族聚居于一弹丸之地,却和睦相处、相安无事,从未有宗族械斗等事件发生。数百年如一日,就形成了奇特的文化现象。有议者认为,这些姓氏均源于中原,共同的南迁磨难及儒家传统把他们维系在一起。而有些议者却认为,诸姓氏皆人单力薄,处于劣势,只有同舟共济,才能共同发展,因此,遇纷争皆止于礼仪,形成弱势平衡。

武所百姓镇一些上了年纪的老人,对于生息之地近乎"夜不闭户、路不拾遗"的古朴民风沾沾自喜,他们会泡上一壶浓浓的绿茶,邀您作客,说,百姓镇有三件宝,山清、水秀、人情好。

在这个百姓镇,有一些居民至今在内部说一种特殊的语言。

/闽粤赣边"百姓镇"/

这就是"军家话"。军家话的操持者叫"军家人",是明洪武年间入城的将军的后裔。"军家话"存在于闽粤赣边客家话的汪洋大海中,犹如孤岛。因此,有些学者将它命名为"军家方言岛"。由于社会的变迁,由于长期共同的生产生活,目前的军家已经与周边的客家融为一体,完成了从军家到客家的历史进程。军家话,成为百姓镇的一道独特的人文风景。

许多慕名前往武所的人,都极为惊异于这里的中原古风,走在明清一条街古旧的青石板路上,厚实的古城墙、生土结构的五凤楼、走马楼、殿堂楼一一在眼前展现,犹如读不尽的历史长卷。而头戴凉笠身着花布衣裳的村姑则挑着一担担脆生生的水果青菜从您身旁轻快走过,带着羞涩的浅笑。如果此时夕阳在山,一位叼着旱烟杆的老人,也许正赶着一群山羊,哼着山歌小调,一路叮叮当当悠然入城。

在武所村,中原古风似乎触手可及。家家户户,常年都张贴着一种对联,有些就镌刻在门柱上,这叫"姓氏郡望堂联"。假如您现在看到了这么一副对联——"九龙新世第,十德旧名家",这是林家;而"高山流水第,舞鹤飞鸿家",则是钟姓无疑;假如您看到"赣水家声远,岐山世泽长",那么,就是来自河南的练姓了。

民居等建筑形制,终归是静物。假如您来得是时候,在正月,您就可以看到舞龙、舞狮、跑旱船、闹花灯、演汉剧、唱凤阳花鼓,那么,您或许会想,这不是在中原吧?而回首青山叠叠,大河奔流,一切都像是在梦中。

百姓镇庙会,远近闻名。《武平县志·礼俗》记载:"元宵灯火,各乡皆有,惟武所旧俗十三至十九日,灯火迭赛,为明驻防屯兵旧俗。他乡则十三至元宵而已。"武所闹灯周期长,在当地民谚中也有所反映,这就是"有食么食,聊到正月二十,有聊么聊,聊到灯了"。

武所寺庙的众多,据说为周边客家地区之最。民谚说:"武所十三庙,庙庙有花灯。"其实,这"十三庙"乃是泛指,武所的寺庙数量远远不止此数。

众多的庙会,以新城东平王庙的庙会最为

著名。东平王庙建于明正德十一年,俗称"下庙",武所民谚说"蛮有新城,先有下庙"。其实,新城不新,建于明洪武年间,确定是后于下庙而建。武所的这句谚语,反映了下庙在百姓心中的重要位置。

平日威风森严的下庙,在元宵前后的一段时间里,成了武所大众百姓的娱乐场所。

钟德盛先生在《武平县中山镇庙会胜概》中叙述了花灯戏庙会的盛况:"花灯戏的舞台搭在各庙的神殿中间。到了正月十三下午,各坊派人到纸扎艺人家里去迎接花灯,一路敲锣打鼓,鸣放鞭炮,然后扛到各庙殿中舞台上安放。晚上开始上灯,开锣演戏……演出的戏目一般由上灯的主家选择,取其吉兆,大抵都点《金殿配》《六国封相》《打金枝》等。这些戏中主人公的命运遭遇、离合悲欢,常常吸引得观众如痴如狂、欲罢不能。加上白砂班艺人提线的技艺高超,特别是丑角出台后,念白常用土话,许多幽默可笑的话语随口而出,惹得观众哄堂大笑。吃完晚饭后,小孩们便带了凳子来庙中争座位，大人们也陆续到来，在开锣之前，欣赏花灯美景，一边吃着花生、瓜子、甘蔗，一边比画点评。

各家在乡下的亲戚朋友，也都于这期间来城里探亲，观赏花灯戏，故而所城整个花灯戏庙会期间，到处人山人海，呈现出一片太平盛世欢乐祥和的景象。"

秋冬时节，百姓村时不时会回荡起欢快而悠远的唢呐声，一顶花轿从墙角飘出，接下来是一群同样喜气洋洋的迎亲长队，而在巷口木凳上晒太阳的老人，抬眼看看，哦，谁家闺女出嫁了。

来百姓村的许多游客，印象最深的民俗，大概莫过于武溪河的清晨。

武溪河清晨，晨曦初露，数千米长的河湾上，河滩满是金黄的细沙和黑白相间的鹅卵石，河面飘着薄雾，成百上千的妙龄女子沿河一字排开，洗涤衣裳，但见木桨起落，但闻笑语声声。

国际友人路易·艾黎说，中国有两个最美丽

的小城，一个是福建长汀，一个是湖南凤凰。

  而国际著名汉学家劳格文博士说，闽西有两个美丽的民俗村，一个是连城培田，一个是武所。

古风迂回　梦回汀州

吴德荣

古街东大街，宽不过三米，这在现今的长汀城已算不上什么街了，充其量只算一条小巷而已。但东大街在古时确实是一条繁华的街市，且是古汀州唐代建城之初最早开拓的区域。东大街是一条河，它自唐代流到如今，千年不倦地运送历史波澜、人间造化，有人豪放狂歌，有人潦草悲号，更有人平淡低语。东大街的波澜是遗忘，也该是相思。

东大街东至汀江，南至新街巷，西至横岗岭路，北至卧龙山山麓，其范围囊括了汀州古城之东整个区域。史料记载，唐大历四年汀州刺史陈剑将州治搬迁到白石村后，"筑土城卧龙山阳，西北负山，东濒汀江河，南踞卧龙山麓"。这开拓州治之地便是现朝天门内的东大街一带。其当是城池立足的绝佳境地,背有卧龙山相倚,东临汀江浩浩水流,南有平川之地可以拓展。这片蛮荒之地,最初就被那些唐人的脚步所唤醒。

这卧龙山,这闽西山林繁复的一隅,但大唐开发荒蛮的鼓角没有遗忘它,因为北来的客家跫音已让它从地老天荒中苏醒。唐开元二十四年,朝廷终于在闽西地域设置了汀州,这片原本是山都木客叫啸的土地第一次有了自己的州级行政建制。当时州城是在长汀村,即今上杭县城北的旧县乡九州村。至唐天宝元年,汀州易名为临汀郡。不久后,州城便迁往上游的东坊口。但州城于东坊口的年月并不长,因可怕的瘴气,州城又一次迁移至五里外的白石村。白石村,一个可供安居度日的好地方,最终成了州城稳固的落脚之地。卧龙山脚的这片地方,连同流经的这道南流之水,终有了延续千年的名分:汀州城和客家母亲河汀江。陈剑于白石村造治之初,史书的描述是一千余棵高耸入云的枫树、松树被砍倒，树上瘦小黝黑的"野人"四散而逃。这说明当时白石村还处于原始森林状态。而钟氏族谱里却记载，陈剑与居于白石村的钟氏族人发生了冲突，经过谈判，钟氏族长钟礼向官府让地。这说明白石村之前已有了钟氏先民在此开基立业。无论东大街的历史如何开创，我却更愿相信这里原是一个茅屋错落的秀美之地，虽没有"大漠孤烟直"，也没有"长河落日圆"，却有艳阳照绿水、绿水映青山、和风吹万物。

　　历经千年风雨的东大街，其间飘摇而去的前尘旧影数不胜数。在飘摇中，唐代古城门朝天门当是最为顽强的坚守者，因为千年的坚守，朝天门当之无愧成了东大街历史之河的见证者。古城墙由卧龙山东麓逶迤而下，直至江边便建起了朝天门。由唐至今，这道东城门已历多次修建：明洪武四年扩建了城楼；弘治十二年汀州卫指挥建广储门城楼时，又一并扩修了朝天门城楼；清代又有重修，现存朝天门城楼大部分为清代重修；几年前，汀州古城墙文物古迹修复协会又组织筹资重修了一次。城楼虽经多次重修，但城门内外，仍留存着历朝历代修建的遗痕。入门洞，抬眼可见那门洞并不是一个整体，而是高低不一的三层门洞的叠加，这是多次加固与扩建的结果。再看城楼外围，可见阁楼是新修的，但阁楼以下部位依然保留着古朝印记，砖土斑驳的裂痕似乎在蓄意刻画着岁月的沧桑。其实那是无言的历史给予今人的亮光，这就是朝天门的文物价值，一种必须用心仰望的价值。再登城楼，让固守千年岁月之门推举着自己，又仰层层飞檐凌空舒展之态。脚底的坚固，心眼的高翔，都可塑造出登临怀古、意气飞扬的情状。于此望卧龙山麓，有"东翘舒啸"烽火台耸起。烽火台之下是依山而建的民宅，大片民宅铺展出东大街的苍古基调。望汀江穿城而过，太平桥、跳石桥、水东桥三桥锁江之景，锁不住浩浩清流，却锁起两岸成通途，熙来攘往的人流、物流汇成城市之流。繁华中的幽静之所是不远处的龙潭，怪石嶙峋，古樟荫翳，天成一幅精致美图。此间的朝天门仿佛一个历史原点,辐射出东大街千年来的一切景象。故那些满目苍古的烙印是开启思古之门的一把钥匙,虽然缺乏闪亮的光泽,但却可以照亮一颗心远游的道路。朝天门便是这样的烙印,一如河流必经的码头,留住或送走一年又一年或苍凉或热切的呼喊。

如今的东大街,以朝天门为界分为东西两段。门内的建筑原为开间较大的商铺和规模较大的住宅、宗祠,且多分布于路北面。那些宅子显示着当年主人的身份,房屋正门面较为宽大,多采用带有雕花的石质立面,门上镶嵌对联、匾额。走过这一段古街,可见历史留下的大都已成破败之象,砖墙上的草,歪斜的门面,残缺的屋檐,延伸着沧桑的祈望,那是呼唤重新修葺、重新张灯结彩的祈望。有座建于明末的性绅别墅,仍保存较为完好。性绅别墅主体为土木结构、四进的传统府第式建筑风格。厅堂中一根根粗大的木柱及其上沧桑的纹路是古老资深的象征。这些木柱采伐之前本为参天大树,是见惯了云端电闪雷鸣的树中长老。这样的木头构架的房屋，有大地之灵气，有山川之大气。长汀城遍布着各种姓氏的客家宗祠，东大街自然也少不了，一路可见周氏宗祠、涂氏宗祠等。涂氏宗祠内不时有斧凿之声传出，探头一望，才知里面在进行大规模修缮。但愿这古街上留存的古建筑都能得到大举修缮，还古街一派古色古香的祥和景象。

而朝天门外的建筑多为较小的商铺，建筑时间相对较晚，立面以青瓦屋顶和木质门面结合为主，并通过门梁的雕花加以修饰，总体来说不及朝天门内的建筑气派。时序变迁，如今朝天门外的建筑大都已改建为现代楼房。钢筋水泥的现代城市构架，已成为一种一往情深的追求。其实汀州城的古街古韵该保护的仍须保护，这是一笔丰厚的历史遗存、一笔遗忘弥漫之间倏忽降临的相思。

近年来，古韵汀州的恢复建设与旅游发展开始并驾齐驱，这是好事，像徐徐道出珍藏的往事，是一种快乐。朝天门外的东大街临河一面已完成了太平廊桥、登科牌楼、大夫第等古建筑的恢复建设。不久这一带还将恢复古码头、古广场、古民居。脚踏石板路,观望飞檐翘角与雕饰精美的梁柱,你将从青砖灰瓦间读出古朴的经典。古风迂回时,东大街灿烂的面孔再一次被吹开,这一次,有唐宋明清的开怀回首,也有我等今人的梦回汀州。

出朝天门,行不到百米便到了汀州天后宫,这是东大街著名的遗存,当然也是古州城著名的遗存。天后宫即妈祖庙,原名"三圣妃宫","天后"是后来的清康熙帝给妈祖的封号。宋代绍定年间,汀州知府李华及著名法医学鼻祖、长汀县令宋慈,开辟了汀江航运,打通了汀江与广东韩江之间的阻隔,实现了闽西、赣南一带与广东潮汕之间的水上物流之梦。但因汀江礁石林立、水流湍急,行船这一行当可谓危机四伏,船老大、商家以及民众都企望护海女神妈祖能庇佑汀江航运平安无事,于是便依潮州妈祖庙的样式,在这汀江河畔修建了妈祖庙。州城所建天后宫,自然成了汀州八邑敬奉妈祖的场所,因而建筑也就更为恢宏。

整座庙宇由山门、朗门、戏台、钟鼓楼、水阁楼、前殿、正殿、后殿及圣母间等九个部分组成的，其间水榭阁楼点缀，池水荷塘环绕，布局着实精巧。入天后宫先得穿过高大的石门楼，整座石门楼都由雕有精美图案的石梁石柱构建而成，上书"天门圣地"金色大字。门楼内是开阔的宇坪，穿过宇坪便是天后宫石牌楼了，这石牌楼的高大精美大可用上许多誉美之词。牌楼中门两边分别镶嵌着"龙凤呈祥"等四块大型壁雕，门联书"天纪神力海不扬波稳渡慈航登彼岸，圣母恩德民皆乐生遍传显绩降人户"，门楣书"后德配天"，上方石斗拱托起的盾额刻着"天后宫"三个金色大字，左右边门额楣分别镌刻"河清""海晏"。如此景仰颂德海神之情不单入石三分，也刻入了民众之心，甚而融入了六百里汀江河谷千载的记忆之中。

应该说东大街片区的历史遗存体量还是很大的，乌石巷、劳动巷、东后巷这些巷子里仍珍藏着古老而庄严的风貌。云骧阁、刘氏家庙、上官周故居、县学大成殿、龙泉阴塔，以及众多古民居等历史遗存，分布于这些小巷之间，那是历史烟尘一层又一层的涂绘。小巷都是运送人间五味的小小河流，风尘如浪，淘不尽它们五味杂陈的往事。往来东大街，我们都被一道道历史波澜所掩盖，我们扛不起曾经的相思，也顶不住曾经的遗忘。

东大街印象

吴 浣

东大街是一条古街。小城中有四条古街，分别是唐宋的东大街和南大街，明清的店头街及民国的水东街。且说东大街，在东北方向。那里有座城门叫"朝天门"，原先是叫"兴贤门"的，但习惯都叫"东门"。城门上有两层的城楼，仍旧是古意的建筑。

东大街两边的房屋显得低矮，却不失古朴。低矮，是因为街两边多为平房，这当是先前的样子。古朴，则多有木板门。门面墙是青砖砌的，年头久了，墙缝中有杂草长出来。背阴的地方，则有细密的苔痕。街两边是木板和青砖交替的门面，若当中空了一截，便是巷子，可通向后面的房屋。巷子里的房屋，有两进式的，分上、下厅；也有三个厅的，即下厅、中厅、上厅的格局，颇具规模；还有建成两层小楼的。房屋多是老宅，正表明经过了不少的年月。有的屋前矗立着石旗杆，则是先人得了功名竖起来的，高举着昔日的荣光。老宅门的两边还有旧日的对联，是刻写在那里的："座枕西云骧状元峰都启瑞，宅钟北极龙山雁塔尽兆祥"。这是结合住宅的方位地势来写的，不像而今的对联，多可通用。

街两边的店面镶木板门的，要一块块地拿下来，关店门时又镶上。店里的木制柜台和货架等，都是古式的。那店有剃头的，卖中草药的，卖香纸蜡烛的，再就是食杂店。街路仍从城门中过。

一进城门洞，仿佛进了一条时光隧道。这条时光隧道不是向前，而是向后。过往的岁月里，有许多人从这里经过，都走进历史中去了。一念及此，便觉得时光悠悠无尽，而城门则更见苍老。城门下的路，而今看来不用说，是显得窄了。但一座城中，留存一些这样的老街，也可为历史做个见证。城门外,大宗的建筑还有天后宫。

许多地方都有天后宫,敬的就是妈祖。小城的天后宫颇具规模。进了大门,两边有钟楼和鼓楼,两相对称。这鸣钟击鼓,也可见讲究。下殿所在,有一座戏台。有戏台,就有一个固定的演出场所。请戏本有娱神之义,但娱乐的仍旧是人。在过去,戏曲是很重要的一项娱乐。而有戏台的地方,自然成了一个热闹所在。

上殿是供神的,烧香敬神都在这里。上、下殿之间的空地,种植着一些花木。逢上唱戏的时候,空地上多有人聚在那里看戏。同时做小买卖的也来了,摆个小摊或挎个篮子,卖些花生、瓜子、糖果等。他们做买卖,也看戏。

除了请戏娱神外,天后宫还搞一些活动。比如点灯,由谁供奉香火,是要排序的。再就是许愿还愿,愿望达成了,要来还愿;若是没达成,说不定又要再许愿。还有保平安,而今出门在外的人多,不管有无发迹,保个平安是首要的。至于求签问卦,是许多庵庙都有的,不必多说。有一样做法可能是别处没有的，不无特色。那就是有一间暖阁，布置成天后的闺房。那里摆有花床、绣被、帐子及衣饰，还有桌椅、柜子等家具，都是古色古香的。这是要将天后还原成一个闺秀，宛如在这里起居一般。据说要给天后端洗脸及沐浴的水，要侍候天后饮食，还要给天后铺床叠被，等等。做这些事情，不只是象征性的，而是敬礼如仪。一举一动，都很虔诚。只不过此种虔诚中，又多了一些人情味，或者说更见敬爱。

天后宫既有殿堂，又有廊、亭、水榭等，算起殿堂及附属建筑来，房屋真不少。廊是走廊，也是游廊，一条可供游览的走廊。亭子所在，不用说，是一个观赏的景点。至于水榭，是建在水边的，倚着围栏，眼前就是一汪池水。因妈祖是海神，天后宫里要有水。水面上长着浮萍，风来的时候，会吹动浮萍，宛然一幅移动的图画。池塘里种荷养鱼，都可供观赏。

过了天后宫，沿古街一直走到街尾，便接上太平廊桥。太平廊桥，原本是叫"太平桥"

的，拆去两边的栏杆，改成围廊，便成太平廊桥了。桥是石拱的，只因正当交通要道，行人及车辆往来甚多，桥面较宽。改成廊桥后，也只能两边添加围廊，却不能像传统的廊桥那样，是直接在桥上架屋。不过，桥面既有一定的宽度，也有一定的长度，因而那加上去的廊桥便可供漫步，可供歇息。还有些做小生意的，也来这里兜售。一天到晚，桥上并不缺少人的。

倚桥而望，江边大都是古意的建筑，有牌坊，有长廊，有民俗馆，有大夫第。且说大夫第，虽也是两进式的，但两边还有横屋，且不管正屋还是横屋，又都是两层的，这便显出一种气派来，不像是寻常的民居所能拥有的规模了。再往下有个广场，是天后宫的门面，就叫"妈祖广场"。有码头通到江边，过往的年月，是要请出妈祖来举行清河祭祀的。这清河，是要让河道更干净。其时，在汀江航道上行驶的商船，大都会参与，并凑些份子。领头的那条船上，摆着妈祖神像，还有击鼓奏乐的。神像摆在船头，那神像是立着的，不是坐着的，旁边有人护着。神像前面,是香案,插着满把满把的香火。还有一对大蜡烛,据说那对大蜡烛可点一天的。击鼓的也站在船头,那鼓就放在神像后面。击鼓的不能在船舱里坐着,那样展不开手脚的。奏乐的倒坐在船舱里,但吹唢呐的因座位靠前,仍朝着船外,一边吹,一边还可看河面上的热闹。船尾是撑船的。清河时,要清理河道上的杂物,还要抛撒些食物给水族,多是煮熟的米饭和粽子。

由广场往下,又有不少古建筑,大多是原本就有的,比如朝天门、古城墙、云骧阁。其间还有谢公楼、大戏台,则是修复的。江水在云骧阁下转弯,转弯的地方大多会形成一个潭,那个潭叫"龙潭"。潭水幽深,岸边多是巨石古木,当中有一条小路蜿蜒其间,可漫步,可观赏。若从那里回望过来,则太平廊桥又是一道景观。

行走宋慈路

董茂慧

清晨沿着宋慈路漫步,朝阳把金色的光芒洒落在江面上,荡漾着向东淌去。龙潭撑开浓荫守护着这满江的青绿,似蜿蜒卧龙入水掀起的冲天巨波,又似头顶翠笠垂钓的老者端坐千年。江水哗哗中伴随着此起彼伏的捣衣声阵阵,偶尔还能听到女人们相互清脆的招呼和笑谈。行至对岸古城墙尽头,一带翠嶂挡在前面。"山重水复疑无路",绕上长满绿苔的青砖台阶,曲径通幽处豁然开朗。

与宋慈路隔江相望,乌石山中、宋慈亭里山歌缭绕、丝竹悠扬,鲤鱼歌、荷包小调,岁月的沧桑如泣如诉。乌石山南云骧阁坐卧青石小巷间,红楼碧瓦,树木荫翳。经龙潭诗廊、大夫第往天后宫，宏伟壮观的全石雕山门里供奉着从几百年前保存至今的妈祖真身。沿汀江顺流而下，伴着我们的"老县令"沽壶客家米酒临江而歌，醉卧店头街。

宋慈，字惠父，这位以《洗冤录》闻名世间的"法医鼻祖"，因"明于听断，境内大治"的功绩被百姓们感念至今：修亭台、改路名、编山歌、填词、写文，颂赞不停。几百年来人们就没有忘记过他的"威爱相济"。宋慈初到汀州满目疮痍，豪强地主大量兼并土地，"有税者未必有田，而有田者未必有税"，社会动荡不安，不时发生流民和盐贩暴乱事件。长汀县境内所有食盐需从海口溯闽江逆流至长汀，路途遥远，辗转多折，往往要隔年才能运抵，百姓苦于价格高昂、粒盐难求。一些游民或不法商贩为此铤而走险，往来广东沿海武装贩卖私盐，"与巡捕吏卒格斗，至杀伤吏卒"之事频频发生。时任福建路刑狱公事的辛弃疾上书《论经界盐钞札子》打动了宋光宗，恩准辛弃疾在汀州推行"经界"和改行钞盐法：由盐商缴若干税款，官府发给运销许可证、贩运包销若干数量的食盐。有辛弃疾的改行钞盐法在前,又得到大理学家朱熹的全力支持,宋慈着手改道运盐,改为从潮州沿韩江、汀江抵达长汀,往返行程缩短为三个月,大大节省了运费。他严令官府将盐廉价出售,再组织人力、物力治理汀江航道,兴建码头,设立盐税关卡。在宋慈"不敢萌一毫慢易心"的操劳下,汀州很快趋于稳定,流民回迁,国家税收倍增,汀州从萧条中恢复起来,出现了生机。

"更运潮盐"所开辟的汀江航运,使汀城盛产的土纸、药材、木材和农产品得以源源不断地外运。可是汀江河道狭窄迂回、滩多水急、船只拥挤,"盈盈江水向南流,铁铸峭公纸作舟。三百滩头风浪恶,鹧鸪声里下潮州",触礁翻船事故时有发生,船工每次与亲人离别都饱尝担忧与痛楚,惜别和牵挂的眼泪滴洒在绵绵汀江中。汀城人民开始迫切寻求能佑护平安的思想依靠,当在潮州了解到妈祖能保护海上及江河航运的安全,渴望安全回家的船工们接受了妈祖信仰,并于南宋嘉熙年间依照潮州妈祖庙的样式创建了"三圣妃宫",康熙年间正式更名为"汀川天后宫"。船工技术经验的日益成熟,航运通畅,物品往来日益密集,汀州逐渐成为闽粤赣客家"金三角"地区的物资集散中心。"十万人家溪两岸,杨柳烟锁济州桥"的繁华成就了始于北宋的店头市,并发展为店头街。到明代汀江成为"海上丝绸之路"的重要组成部分,货船"上三千,下八百"。妈祖娘娘华贵端坐天后宫,与龙潭宋慈亭遥相呼应,共同守护着汀水边生生不息的人们,转眼几百年的风和月。

宋慈在汀城任期内"狱无冤囚,野无流民",一改"因以饥馑流亡,几致减半"的荒凉局面。他白昼奔走码头航道,卷着裤脚踏浪船头,亲身试航谋福祉;夜间秉烛苦读医书,威仪刑狱民命为重,实事求是求公证。"当是任者,切以究之。"事必躬亲的他在书中写道,事事至公之心粲然可观。如果说长汀县令是他牛刀小试的开始,那么《洗冤录》就是他雪冤禁暴的总结。非常遗憾,《洗冤录》注重提炼法医学的尸检法和各种死亡情况下的检查方法,没有详细记录案件发生的地点和过程,除了在墓志铭中笼统提及治理赣闽"盐子"剽掠以及广东内决大辟罪两百多件以外,我们只能静坐在汀江边想象哪些奇案是发生在长汀,而文而勇武、兼有谋略的"县太爷"又是如何骨鲠正直地断案了。

为官者以百姓之忧为忧,民众口口称颂的敬慕、代代相传的赤诚胜却无数木匾石碑,岁月的沧桑无法吞噬。如今汀江涛声依旧,盐运航船变成游客漂流,白鹭点点天边飞,宋慈路上车来车往,宋慈亭中熙熙攘攘,天后宫香火缭绕鼎盛,大夫第远眺秀起汀水。"听讼清明,决事刚果,抚善良甚恩,临豪猾甚威"的宋提刑再立于汀江龙潭边,任江风吹得衣襟飘飘,舒展紧皱的眉头能否会心一笑?

云骧阁
吕金淼

云骧阁，与"龙"有关。

中国人有"龙"的情结。我也一样，所到之处，一旦听到与"龙"字有瓜葛的地名，便会油然而生许许多多莫名的想象。

之前，陪朋友夜访龙潭多次了，一次次把目光刻在了古老的樟树、嶙峋的乌石、斑驳的城墙。流连的脚步，不忍心踩碎那一方天地的悠闲与清静。其实，看在眼里的，只是一种表象而已，真正让我认识这块神秘的地方并对它产生浓厚兴趣，却是一次完全的偶然。就在龙潭的那片樟树林下，坐在游廊的石椅上，仔细聆听了文友滔滔不绝地讲述关于乌石山和云骧阁许许多多的故事。他说，要是你从远处看呢，

| 云骧阁 |

云骧阁背后的卧龙山，简直就像一条卧在旷野平地上的巨龙，而从山顶顺势而下的那一支蜿蜒的山脉，就像龙的躯体前半部分，它一直延伸到了汀江岸边。在这前方，有一弯幽幽的深水，人们称它为"龙潭"，顾名思义，就是腾龙入江的地方。接着他指向樟树林上侧的楼阁说，上方就是云骧阁，原先是一座突出的小山包，奇石林立，当地人形象地称它为"龙首山"（又称"乌石山"），从字面上不难理解，那便是龙的头部了。于是，在唐大历年间，有识之士便在小山包龙首上，建起了一座方形楼阁"云骧阁"。见他说得头头是道，除了对龙潭周边的风景感同身受之外，对深藏闺中的云骧阁，探访的愿望也就越发强烈了。

云骧阁，四周围墙高立，随便是进不去了。既然现在进不了楼阁，那就先到江对面一睹云骧阁的芳容吧。受他的鼓动，绕过跳石桥，跑到了汀江的对岸，从正面慕视云骧阁的风采。对面看，云骧阁依山临江，在茂密的樟树林中，若隐若现，只露出楼阁中间的一部分，就像一位含羞的少女,正在梳妆打扮。楼阁的下方,则建有宋慈亭、上官周纪念亭等几座亭子。游廊曲折错落,树荫底下,落下斑驳的光线,深浅相间,更显层次,如果用摄影的术语说,就叫富有层次感、立体感。江边,怪石嶙峋,散落叠置,不同的形状和模样,会让你的想象力充分发挥。江水波澜,轻轻拍打岸弯岩石,悠悠向南流去不肯回头。

文友边走边告诉我说,楼阁的名字,曾经几经变动,皆因当地官员认识迥异而不断更改。我问他,都改过哪些名字?他说,有一个好像叫"双清",接着笑笑说一时想不起来了。说者无心,听者有意,而这,就是历史,就是故事呢,它引起了我强烈的兴趣。回房后,立即查阅了厚厚的县志,方知在宋代时楼阁最初的名称叫"清阴",意为环境清幽、林茂阴冷;后又改名"集景",意为集茂林、碧水、幽洞、奇石于一处;再后来,宋代汀州提刑刘乔认为"集景"不能尽其特色,飞阁临云,犹如骏马腾空,凌空追月,便取名为"云骧";宋隆兴年间,汀州太守吴南老则把"云骧"改为"双清",意为清风明月、山水清秀;宋庆元年间,太守陈晔感觉"双清"没有"云骧"确切,终又叫回"云骧阁",并不容更改。云骧阁还是中央苏区第一个县级红色政权长汀县革命委员会驻址呢,伟人毛泽东曾多次来过这里。云骧阁,由此又多了一道红色的印记。

如此的风景,当然不能错过,从济川门沿着古城墙边走,是一段只有两米多宽的乌石小巷。光滑的鹅卵石,眨着明媚的亮光,曲折蔓延,缓阶提升。清脆的脚步声,在巷子深处回响。云骧阁就在巷子的高处。

云骧阁,四周红色围墙,把外界的喧嚣拦在了墙外。庭院里,两块巨大的天然乌石,犹如两尊雄狮,盘踞阁楼庭前,神情严肃,威震一方。背后,便是云骧阁了,共有两层,土木建筑,十分精美。

在阁楼一层的横额上,还刻有"云骧阁"三个遒劲大字。庭院幽静,听得见微风拂墙的声响,激动的心情,顿时安静了许多。在这里,只要你能把心沉下来，便能深深地感受到安静的那份恬美与享受。说实话，在内心里是真喜欢这个安静，喜欢"安静"这个享受的词意，更惊羡"安静"这种超脱的境界。或许，人生路上，大部分时间已经让粗野的浮躁把美丽的安静给覆盖了。

穿过楼阁一楼的厅堂，来到了临江的楼台。最大的感触就是周围的樟树林十分茂盛，遮云蔽日，清幽静寂。目光跃过那斑驳的矮墙，对岸便是熙熙攘攘的人群，穿梭来往，热闹非凡。江边是洗衣的妇女，这里一个，那里一堆，嬉笑声、捣衣声，交错不断，逗得江水笑开了脸，荡起一圈又一圈的波澜。管理员说，等下游的拦河坝蓄水了，妇女在江边洗衣的美丽风景恐将从此消失。遗憾的情绪立即涌来，后来只好自我安慰，到时该又有另外一番美丽风景呢。一阵风来，周围的樟树林沙沙作响。片片枯黄的树叶，摇摆着身姿，翩翩起舞，飘到了屋顶上，也落在了院子里。是啊，秋都来了。这是容易感伤的季节。流年，曾在时光的树上长出片片的绿叶,而岁月,又在时光的心中留下刻骨的印痕。浅浅地来,静静地去。一位诗人曾说过这么一句话:"很多时候,会为某个熟悉的画面,而思绪万千,也会为一个倾心的举动,而泪流满面。"相信那种感怀,就是所谓的睹物思情。许多名人志士,也曾留恋这里,也曾踌躇满志,但最终都离它而去了。眼前这番风景,最不愿说的就是沧海桑田,但流年不憩,终是镜里烟花。或许,草木一秋,皆是过程,但最后那一片落叶,至少仍叫着"留恋"。或许,冬去春来,老树逢春,相信那又是一个生机勃勃的世界。

爬上木梯,登楼远望,居高临下,发现又是另外一番风景。闹中取静,闲看景致,不需要俯首,也不需要抬头。这妩媚风景,曾让多少文人雅士诗兴大发啊!明代左都御史马驯诗曰:"临江高阁真奇特,巍巍直与白云接。山光野色横目前,不数滕山擅雄杰。清风一榻快无边,皓月满户堪流连。闲来登眺足嘲咏,从教乞与不论钱。"清代知府刘喜海也留下了《云骧风月》:"丁水南流郡置汀,倚城高阁挹浮青。蓬莱境接仙月绕,霹雳声惊俗梦醒。俯瞰东山先得月,近期北斗欲扪星。振衣直上寻乌石,驻足还过舒啸亭。"

"美丽的风景,吞噬了诗人们仅有的那一点矜持。"我不知道把这句话用在这里是否合适,但我知道,感慨的瞬间,一切都成了决然。我不会也不曾想去刻意粉饰什么,因为身临其境,安静地走近,安静得离开,只有这,仍让我为你沉醉,为你微笑……

秋季,最后的一抹温暖已被寒气慢慢抽走。天空,蔚蓝明净;阳光,仍然灿烂妩媚。凝视眼前这座楼阁,潜在心底的情愫,有许多感想,不是繁华,也不是朴素。悠久的厚度,撩拨出的是一种沉着,抑或是一种积淀。虽然,有些故事,渐行渐远,但有些记忆,仍在坚持。或许,无须寻找刻意的词语,也能留存永远。

安泰河边朱紫坊

林　欣

一从津泰路口安泰桥走进,便感觉明显温差,浓荫匝地,凉风习习。这段安泰河最突出的特点——夹岸株株古榕,或垂丝飘飘似老者迎客,或虬根劲健若苍龙盘旋,让你既赏心悦目又心静神宁。有一株千年古榕,垂丝已粗如竹竿缠绕树身,裸露出地面的树根如板墙模样,加上树身树枝向天空舒展,大约就是传说中唐朝天复初所植的"龙墙榕"了,钉有一级保护标牌。靠近秀冶里竟有一株在台风天从这岸倒向那岸,成为独木桥,但仍枝叶繁茂。

行走间,不时想起此处曾如秦淮河般繁华,因古时河通大海,"百货随潮船入市,万家沽酒户垂帘"。史载唐时闽王王审知曾在此处建造

"梧州诸侯馆",作为福州、建州、汀州、漳州、泉州官员驻扎之所。各地高官在此地云集,带动了周边的经济发展和消费水准,一些酒肆歌楼也就逐渐兴盛起来。而"荔枝换绛桃"之凄美传说也以此时为时代背景流传开,而后还传有林则徐在此处遇雨结良缘的故事……

靠津泰路一侧大部为钢筋水泥楼房,为恢复古韵,政府花大力气修建了做旧了的长长木走廊,有美人靠,以美化外观。

朱紫坊一侧稍显开阔,石板路粉墙青瓦。这是一个可与三坊七巷相媲美的坊巷,名人辈出。且不说它坊名"朱紫"即由宋朝通奉大夫朱敏功兄弟四人皆登仕,朱紫盈门而得名,还有宋参政(副相)陈韡、明内阁首辅叶向高、清湖南布政使龚易图等官宦先后居住于此,更奇特的是居然有萨镇冰、方伯谦海军世家与其关联。方伯谦为济远舰管带,被李鸿章杀于甲午海战战败之后,方家产生三代十位海军将士。而萨镇冰历任清代海军大臣、民国海军总长(后曾任代理国务总理、福建省省长)。他从日本买回并担任第一任舰长的永丰舰，后来改名"中山舰"，在 1938 年抗日战争中被敌机炸沉在长江口。中山舰舰长萨师俊系萨镇冰的侄孙，以身殉职。中山舰购于日本而又毁于日本，始于萨家而又终于萨家，令人感叹。萨家大院还走出了中国现代著名舰船制造专家萨本炘以及萨本述、萨本政、萨师洪等毕业于马尾海军学校的海军将士。此外朱紫坊先后走出福州海军学校校长陈兆锵、澎湖马公造船所所长兼总工陈长钧、海军部轮机少将沈觐宸、福州海军艺术学校校长黄聚华、海军运输舰队司令张日章等人。这个海军的朋友圈真不小，难怪当地要建海军一条街了。甲午风云、抗战烽火业已远去，一个朱紫坊，半部中国悲壮海军史！

朱紫坊的庭院花园有福州特色，与苏州园林相比显得小巧玲珑。清代杨庆琛有《朱紫坊》诗云："画栏容易夕阳斜，燕子难寻王谢家。朱紫坊前留古巷，芙蓉园里访秋花。相公功业归青史，诗客声名重碧纱。几度津门楼上望，西风暮色噪寒鸦。"如今已修复完成的著名的芙蓉园,宋参政(副相)陈韡、明内阁首辅叶向高、清湖南布政使龚易图等都是此名园的先后主人。斯人已逝,名园千古,留下多少恩爱情仇、权谋韬略的故事传说!"巷陋过颜老去无心朱紫,园名自宋秋来有意芙蓉。"亭台楼阁、舞榭雪洞、小桥池沼、雕栏花窗,引人遐思;古树花草、假山奇石,更添雅韵。有意思的是发现有这么一副对联:"宠宰宿寒家穷窗寂寞,客官寓宦富室宽容"。传说,有一回,叶向高回老家福清省亲,船到闽江怀安驿站,上岸后,专程去拜访已告老还乡、闲居洪塘的翁正春。翁正春备酒款待,两人聊得高兴,不觉日头西斜。叶向高想住下来,多聊聊,就说:"今晚恐怕进不得西门了。"翁正春明白他的意思,说了一句:"宠宰宿寒家穷窗寂寞"。叶向高应了句:"客官寓宦宅富室宽容"。两人的对句,成就了联坛的一段佳话。

往事二三

唐 希

我的外婆家没有澎湖湾,没有海浪、沙滩、仙人掌,也没有在我的童年里留下脚印两对半,但是外婆家有宫巷,幽幽的小巷、高高的封火墙、宽宽的石板和红红的大木门。

从童年和少年,我随外婆住过许多地方。从闽江南岸的广东馆到庆城寺的斗彩巷,再到东街口的贤南路,最后是南后街三坊七巷的宫巷。外婆和外公都是在宫巷的一间幽静的小屋里安息,走完了人生的旅程。

20世纪50年代中后期。外婆、外公租赁了宫巷靠近南后街一处坐南朝北的房子,那时门牌是宫巷19号,即2006年动迁时的37号。这是一座结构杂乱的大杂院,它有两扇不大的木门，过小小的门头房便是小天井，东西披榭。西花厅之后那一进厢房，虽然做工尚可，开间却明显小于正常的结构，显得小巧。二进的天井后面便是一座木结构、平面为凹型的双层小楼，带着民国初期简朴的灰白粉墙木围栏风格。有趣的是，小楼的背后没有第三进了，却从小楼一层东侧的土墙上开了一个不大的拱门。从这里进入原本是隔壁座大厝、门牌35号的第三进院子。这院子与其说是院子，不如说是通道，有着大青砖砌成的极高的马鞍墙，还用较宽的石板条铺地。三进的房子很小，只有靠东的单排间类似花厅的结构，这在讲求对称的传统建筑里是少见的。现在看来，这可能是大户人家切割产权时改造过的"工程"。通道式的天井之南端有一条带顶的走廊，便是外婆家的厨房了。厨房背后的小木门户通向第四进，原本是个园林，因坍塌成废墟之后留下了一排走廊的雨檐，这便是外婆晒衣服的地方了。而外婆的卧室在二进小木楼楼下的西角落。饭厅在三进隔出来的小厅里。外婆每天煮饭、吃饭、睡觉、洗衣、晒衣服，都要迈着小脚从二进，到三进，再到四进。对高龄老人来讲如同是万里长征。

也许，50年代后期，城市人口开始拥挤，租房难呀，外公才租下了这么个复杂而有趣的房子。其实，它只是大建筑的副座，其正座在它的隔壁。那一定是明清时代官宦人家的大厦，甚至有可能是会馆、衙门之类的建筑。首先，它有一个宽大的门，进门头房向东折，是一块大天井，分明是停轿拴马的地方。天井后面的大厅，虽然破损得只剩下柱子和板壁，但那木材质的粗壮、地板石的宽厚，明摆着这房子主人身份不简单。后来，我才明白，这35号大院民间称它为"宫苑里"，距今千年之唐末五代闽国，这里是闽王爱妃陈金凤居住的地方。它的东西两侧33号和37号分别住着宫女和管理人员。

由于一代又一代人的产权分割，小巧的副座也就是外婆租住的那一座首先被分割出来。然后不知是什么原因，在切不断、理还乱的情况下，将正座的三进切成"一小条"连同后花园废墟都划归副座的主人。而副座的主人又将房产再切割、出售、转让，出现了多位房东。房东在自己不住、要收租金的情况下又出租了房子，因此生出了几户房客。50年代后期，凡是已出租的房子产权大多被"改造"，收归国有，由政府房管局做产权人，收房租，修房子，行使房主的权利。

这座结构复杂的破房子，从此有了无数的房东、房客，关于历史、关于产权是再也理不清了，它成了名副其实的大杂院。

在三坊七巷中，宫巷是一条不算长，却保存还算好的巷子。因古人在巷里建有道观紫极宫而有了宫巷的名称。至今在靠南街巷口的坊墙上还镶着一块古老的花岗石题刻"古仙宫里"。这座给小巷定名的道观，历史上一定有过无比辉煌的香火。我见到它的时候，它的遗址上仅仅是平平凡凡的宫巷小学。居家式的学校大门东侧是不大的救火会，存放着古旧的老式消防工具。

在中国近代历史上，开始兴办新式学校的

时候，将破旧的庙宇殿堂改建成小学似乎是一种"优良传统"。没有经费，建不起校舍的小学，往往是靠一些献身教育的"志愿者"利用旧的道观、寺庙、会馆加以改造，因陋就简地开起了课。这一方面表现了中国社会的贫困现实，另一方面也显示了中国百姓对教育下一代人的重视，以及封建、宗教势力对教育的宽容。在木屋毗连的街区，消防无疑是大受欢迎的慈善事业，被称为"救火会"，从字义上解读还真是正话反着说。

宫巷小学原是一片道观改建的平房做教室。沿街一扇土墙上开着双扇拱门，有着厚厚的中国式门板，入门是一条悠长的走廊。走廊的右手是一排办公室和门卫。不大的空地旁是一些砖木结构的教室，天天传出朗朗的读书声。

郁达夫1936年游宫巷时，曾记录了宫巷"两旁进士之匾额，多如市上招牌"。这些毗连的大宅到50年代基本上都还"健在"，只是少见了那些匾额。钟鸣鼎食的大户人家都习惯地关着森严的大门，自做人，过日子，宫巷也不例外。对外常开的大门只有两三户。一户是公安部门的招待所，曾是清代杨庆琛的故居。它对公众森严，对各地干部敞开大门，拱形的石框门内已被改造得像个机关办公室。其二是开在沈家大院里的宫巷幼儿园。由于沈家大院一进原来就没住人，是专为各种红白大事而设置的家族内半公开场所，在院内私密空间与街巷公开社会之间起缓冲作用，所以50年代便被利用做幼儿园。因天井、大厅场地宽敞，古宅大门便于安全管理，老教师的资历口碑也好，所以宫巷幼儿园在非官办的幼儿园之中名声不错。每天上学、放学时，幼儿园为孩子和家长们开着大门。第三个开门的大户人家是林聪彝故居。这座大厝在当年被百姓误认为是林则徐的故居。其实，它是林大人二儿子林聪彝在他父亲去世若干年之后才购置的，后成为"华侨漆布厂"生产车间。50年代后期，印尼曾经一度排华，不少印尼华侨从"爪哇国"归来，其中一些技术人员在这里建厂生产漆布。这是一种可以做软黑板和具有防水功能的布。开着大门，工人在这里以手工方式生产漆布，街头散发油墨类化学物品的气息。当时人们不知道什么叫环保。后来工厂迁出巷子，据说它是华侨塑料厂的前身。

在这座有着六扇大门的大院里，华侨漆布厂的生产车间占用了大院一进的天井、大厅等处，让照墙上明代末年壁画天天被那化学漆的臭气熏，与它一样"享受"臭气的还有不少居住在这里的居民，他们大多是从印尼归来的华侨。华侨中的年轻人却自称"侨生"。他们外表上保留了久居东南亚的肤色和相貌，男生爱穿花格子和大花的衬衣，女生穿热带风格的连衣裙，语言和生活习性都充满了异国的情调，给古巷宫巷增添了一道异域风景线。

那时候，孩子们可玩的高级东西并不多，没有电脑，没有电子游戏机，没有电视，也没几家人有收音机，书的品种和数量以及其精彩度也与今日大不可比。习惯关起大门自做人的三坊七巷人却将孩子们保护在大墙里面。幸好，这座大院的孩子还不算少，星期六下午和星期天，不大的院落便成了孩子的乐园。

当年正规的玩法有跳绳、踢毽子、打乒乓球。跳绳和踢毽子受地方限制一般玩不尽兴，所以很少玩，而且玩法千百年变化不大，这就不说了。大院里的乒乓球是在天井下用凳子和床板搭起的台，用细竹竿架在两块砖头上便是网。自己用木板锯一下便成了拍子，只有球是文具店里买的正规货或不太正规的便宜货。比赛的规则也大不同于今天正规的打法。因为人手多，先用手心手背选出一个幸运"皇帝"，由"皇帝"对每一个人作轮流考试。试一个球，赢了"皇帝"的人就可以与"皇帝"比赛六个球。赢了这六个球，便将前任皇帝"推翻"当新"皇帝"，继续"考"下一个人。如果是女孩子当上了"皇帝"，大家便称她为"街佬皇帝"。后来才知道，这"街佬"便是英文女孩的福州读音。用福州读音的英文来作乒乓球裁判用语的还有："勒保"，即触网，而那条竹竿就叫"勒"。当球拍两次击球时，裁判便说"搭不鲁"，据说是英文"重复"一词的福州发音。当球出了界，众人便喊"凹塞"——界外。这种洋泾浜的英语福州话,在当时每个孩子都知道。这洋务运动的"成果",看来是近代史上福州最为普及的几个英语单词了。

福州的孩子们还有几种野游戏,如"七步打游击""官兵抓土匪""跳框""弹珠"和"藏赃"。说它们"野",前两项是因为它们不入流,在大人的眼里,玩这些的孩子不够文静,玩"野"了。"跳框"则是利用古建筑的地面铺石板块的天然纹路,孩子们用一块瓦片或图书石(普通寿山石)将地面划分几个框,在上面跳出不少花样。成功者在虚拟世界中"买田、盖房子"。这大多是女孩子们玩的游戏。"弹玻璃珠""打陀螺""走圈"都是男孩子的专利。由于受到地点的限制,我们常玩的是"藏赃"的游戏,且男女都可以玩。先是用童谣"点点笃笃,桃花李碌。小人君子,谁人去街中拉屎,铳拍霹噗嚊"。这里有些字仅仅是读音好玩,并没什么意思,那"铳"便是近代史上人们说的"枪"。当最后一个字落在谁的头上,谁便是游戏的第一个"倒霉鬼"。然后"鬼"要躲开,众人商量之后将每人一件"赃物"（我们常用棋子）藏起来。"鬼"出来了，在约定的范围之内找寻"赃物"，大家在一起开心地起哄，达到扰乱"鬼"的视听的目的。"鬼"找到了"赃物"，"赃物"的主人便成了下一个"鬼"。如此反复寻找，一个下午便在快乐中度过了。这在今天青少年看来，简直是不可思议的老掉牙的游戏了。

与三坊七巷内用高大封火墙包裹起来的建筑不同。南后街的街面建筑除了个别民用砖楼之外，其余的建筑大多是连排的木板屋，历史上便是火灾的常发地。

一个星期六的下午，没有上学的我就在外婆家目睹了南后街塔巷口的一场火灾。最早得到消息的是上街的邻居。他们神色慌张地跑回来说："火烧厝了。""哪里？哪里烧了？"所有的人都很紧张。那时木房子连排，风一吹，火就会沿着街巷扩散，而那年代机械化的救火设施不够多也不够强。

老人们都慌乱中开始寻找自己的户口簿、粮食购买本、各种票据和银行存折、现金等。

孩子们好奇地挤上了街头。街上正好有一个敲锣的小伙子沿街飞跑,嘴里喊着失火的地点,那锣声听起来挺揪心的。十几分钟之后,消防队的"汽龙"(消防汽车)来了。抽水机的声音让人们的心稍稍安定了下来。受灾户和准受灾户抱着被褥,捧着抽屉,抱着老钟,抬着缝纫机,甚至提着脸盆从火灾点跑来,将东西堆放在自认为安全的地方叫老人小孩看守着,自己又往起火的方向跑。老式的"水龙"(人力喷水机械)来了,与逃难的人们逆向奔跑着。那"水龙"是一个黑绿色的木箱子,底下安四个不大的轮子,上方有一组杠杆用来人工加压的。这"木箱子"的前方用皮带和木杆牵着,几个头戴清兵军帽式的小伙子拉着"水龙"扛着长矛、梭镖、三叉戟式的形形色色拆房工具,一路呐喊着向前跑,与其说是叫人让路,还不如说是在为自己助威、鼓气。他们堂吉诃德式的勇气,一时引来人们的笑声和评论。

很快,路面在安民巷口被封锁了。因为担心观火的人们影响了消防队员的工作,更怕一种坏人，福州人称之为"火鸠"。我不知道是"鸠"，还是"鹫"，总之，是福州人取给趁火打劫者的恶名。

由于可燃物很多，百年的干木柴特别好燃烧，而灭火的设施相比较是不足的，灭了燃，燃了又灭，反反复复个把小时，"汽龙"的马达声才渐渐平息下来。受灾户将火中抢出来的仅有的生活用品分散在各个坊巷里，欲哭无泪。有人在上班的岗位上听到消息请假赶回来了，在宫巷口抱着十来岁的儿女哭着。那女儿搬出了抽屉和米缸，现在手都抬不起来，一半是因为劳累，一半是因为受惊吓了。

从那天起有若干年的时间，我心里怕着火灾。一有火警声起，我便往三坊七巷看，往外婆家居住的方向瞧。至今，一旦有火灾的信息，哪怕是从电视新闻上看到失火的镜头，我便想起了四十五六年前可怕的一幕。

纸褙福州城呀！宝藏也就包在纸片中，那是我印象中外婆家的宫巷。

2004年国庆黄金周，福州市民掀起游"三坊七巷"热。为了适应读者的阅读要求,扩大三坊七巷文化的影响,我编撰了《话说三坊七巷》一书,作为大众普及文化读本。我将视觉定格在坊巷布局特征和名人故居、典型民居上。2005年1月《话说三坊七巷》以VCD光盘、手绘地图、文化手册的形式"联手"推出。

2010年再版时补充了我在三坊七巷修整工程启动时驻地寻访老住户所搜集到的鲜活资料,书的扉页换成了年轻时的外婆、外公坐在汽车木板模型后拍摄的时髦艺术照,注释着"献给外婆外公的三坊七巷"字样。图文视频"捆绑"推出,这在福州本土文化出版史上是一次尝试,也填补了三坊七巷通俗读物的空白。撰稿之余,我抽空又回到了宫巷外婆、外公居住过的老厝。房子更加破损,而且似乎比四十多年前更加窄小,少年的玩伴有的还在,不言而喻都老了,第一眼却都能叫出对方的名字。第四进的空地已经盖了双层房子,与主座大厝相连的土墙上,一棵榕树贴墙生长,枝叶繁茂,造型独特,成为一道树墙的"风景线",据房主人说是从一棵榕树盆景中生长起来的。

被称为榕城的福州,就是有这样的生命力,在人们不起眼的地方、一片老宅古屋旮旯里、在岁月悠悠中,诞生着它艺术的造型。

秋天停泊在潮间带上

王纯野

一个戴大草帽的渔夫

戴上一顶大草帽,我才发现熟透了的秋天的丰盈,原来就挂在他的帽檐上。我跟在一个戴着大草帽的老渔夫身后,一直踏着日光斜映下他草帽阴圈里淡淡的秋影,慢慢地走出了村庄。

几个孩子在路边用长竹竿打过季仅存的李子,欢快地尖叫,在凉爽的清晨,消失得很快。尤其是一大早,就显得极高极蓝的秋空,没有一丝云朵拭擦着的秋空。那声音,很容易就被大地上微微浮漾的晨露,愉快地接纳了。

孩子们从高高的树枝打下硕大的李子,重

重地砸在地上，裂开了丰满而鲜嫩的肉缝的李子，惹人垂涎。一些暗红的冷汁，从孩子们的嘴间经过有些干裂的手背，冻红的感觉。

阳光很淡地穿行于微凉的秋晨，沿路一些树林，较高部位的叶子，已经泛黄、金灿，依旧青翠的叶子映闪满地密条的晨光，村庄四周很白很亮。

这是一个十分惬意的清晨。我不明白这个老渔夫，为什么一定要戴着这顶属于20世纪70年代的草帽。麦秸或稻秆编织的，在现代商店里已经很少卖这种草帽了。可让我为难的是，它现在戴在老渔夫的头上，却是十分合宜的，我在上面捕获到了隐藏的、不易觉察的秋色。更重要的，我看到帽檐上题着"为人民服务"的模糊字样。它让我想起，自己多年前的海边生活里发生过的事情，这就有些伤感，还有些快乐，伤感了，快乐了，就剩下了惆怅。

一路上，我们保持着一段距离，一直没有交谈。秋天就像那个过季的被孩子们打下的李子，它太成熟了，轻易触碰，就会弹破它的娇柔的水盈。我已活到这份上，晓得很多话，必须是留到年迈的冬季的炉边去叙述。那时，树叶与雪花飘飞在窗外，无声而平静的回忆。

这一定是一顶经历了许多风雨的草帽，一圈一圈隐去了曾经的淡黄、灰暗的色调里，简朴、粗劣、熨帖，还有些脏。老渔夫偶尔回头看我一下，牵挂着我是否走丢了。那顶淡淡的秋圈，跟随着有些变形。我依旧执着走动在这秋圈里，戴的是一顶鸭舌形太阳帽，它在日光投映下是小而不规则的阴影。秋天是圆的、丰满的，这样想着，我的情绪有了些别扭。

这样，就到了海岸上，看不到边的蓝色海水，零散一些黑瓜子样的船只，太远了，看不清是泊着还是行船。总之，是在比较远处。更远处，水天相接的地方，抛物线散射环绕开来的鲜艳色彩，到这边天空，已过渡为浅色的白，冷淡的，几至可省略的着笔。老渔夫的步伐明显快了起来，笔直的海岸上，他的身影越来越小，最后剩下一顶大草帽，最后连草帽也消失了。然后我就听到呼喊，我听不清他在呼喊什么，可能是唤我快一点。秋天的声音，很空旷，好像就他一个人的声音。我小跑着追上，那顶大草帽又显露了。然后看见老渔夫，他解开一只小舢板的缆绳，双手接我跳上船。坐稳，舢板在欢快的橹声中滑开，到洋面上去。

现在这顶大草帽戴到我头上了。秋光在我头顶上像佛顶的光圈。老渔夫开心地笑了，他看到年代过时的大草帽，戴到我头上居然也是合宜的。这是一个多么细心，充满着善意的老渔夫啊！这顶大草帽是他在村子里就为我准备的。我的鸭舌帽不知羞愧地躲到哪儿了？它如何遮挡海洋上直射的日光？我半躺着，大草帽盖在我脸上，火辣的阳光在草帽之外，闻着舒适的秋天早晨的气息。

月光停泊在潮间带上

在这晚秋的迟暮，除却了老渔夫的那顶大草帽，我发现大部分的秋色都逃到潮间带上去了。看那夜色一点儿一点儿地侵蚀、吞没了草帽上的秋光，而隔着的白日里灰暗破败的田园与村舍，早已陷入黑暗中。

多年前的一些悠闲秋光里，我经常提早到洋面上去的原因，是图了看到那一轮突然地升起来的满月，一下子映亮了洋面上的事物的快意。那时，我总带上一只快乐的小船和一顶熨帖的草帽。草帽，对于夜色是多余的，但是因为合宜总带着，还有点不伦不类的诗意。再后来我离开了村庄，谨慎收拾好了，却不记得放哪儿了，估计已被时间的蛀虫所吞噬。而那只小船，经了几次辗转，猜来也已沉没到水底去了。今夜的月光是否能照见它在水底的残骸，那是不得知了。

然而月色早已浸漫了。我没看见第一片月光是如何急急打下来，10月的潮间带已经异常白亮，而且，到处流泻着水银般的色调。强烈的白光映射当空水面，像映在一面巨大的光滑的镜面上，那上面清晰地、零落地散布着红树林墨绿色的身影，若破布漂浮于水中的枝叶，随舒缓的水波摇动，姿态十分静美。而在岸边附近，月光甚是轻柔，在丰腴起来的、冷白的水肤上流泻，还到处溅开了蓝焰。稍远点看，像冷美人丰隆胸脯上，这一朵、那一朵的缀花的绽放，在乳白色的起伏中，溅放出一朵朵水银般的水烟花，微弱地映亮、妩媚着洋面上的某些事物。

在我记忆中，夜航船很深地切开海水，也会闪烁出这种十分撩人的幽蓝的冷焰。玻璃一般光滑的水里闪射出的蓝光，带来了我当时心境的一些变化。在上了年纪的老人的眼里，这是从海洋深处放射出来的怨魂的一瞥，是鬼火。尤其是在秋夜的海面见及，它会勾去某些纯洁的灵魂。在我过去的海洋生活中，每当看到蓝焰，大人们总用宽大厚实的肩膀拦去我的视线，或者用粗糙的大手盖住我双眼。

现在我静静地看着这些蓝焰，在丰满的秋夜，无声地开放于水草间的美丽的蓝焰。虽然明白，它不过是一种名叫"夜光虫"的微生物，但我着实有想回到从前的念头，童年真好。我想到《雪国》，川端康成关于夜光虫"漂浮在薄暮波浪间的妖冶美丽"的描绘。这令我在深幽的潮间带上，有过一些美丽的战栗，却也稍纵即逝。我的心境，已不再变化。

我是到了喜欢静止的事物的年华了，还在意着处境稍暗些的怡然，习惯坐在黑暗中的藤椅上，看着别处的光明。说真的，我已经不再适应到海洋去，最好是独守一窗，隔着风来云去的眺望，看秋天静静地停泊在潮间带上，映现美丽而丰腴的景物，遥远的、有距离的观赏，间隔着的，还飘零一些树叶。

而今夜的月光，这样肆意、无节制地流泻，映亮潮间带的所有一切的宁静，让身处其境的我有些难堪，仿佛因此停泊于我心底许久，而照彻了灵魂暗室，漂白出某些不洁的东西来。但我还是想到，我到洋面上去，是想只面对生活的基本事实，做一棵大米草，或黑瓜子似船只的简单快乐。秋天的表象已使我十分着迷，我不想深入进去，而得到某些超越于自然的东西。哲学与我无关。月光照耀在秋天的潮间带上，让上面的生灵均匀地呼吸，很好地睡眠，已足够。

西溪水不说话

林晓文

西溪水不说话。它静静地流淌,自大芹山麓蜿蜒西来,在坂仔小镇的怀抱略为驻足,尔后又款款东去,经过小溪,流过南靖,越过漳州,于厦门湾注入大海而成澎湃之势。

时光回溯至一百多年前,一个叫和乐的十岁少年依依不舍地辞别父母,跟着三哥、四哥由坂仔村的简易码头登上小艇,到了西溪再换乘一艘略显窄小的五篷船,顺流而下。天上白云飘忽,两岸山峦递次显现,五篷船时而穿过竹林,有竹叶飘飘打在船篷,时而经过村舍,岸边灯火阑珊。谁说少年不识愁滋味,一缕乡愁,如船舷下的西溪水在那张稍显稚嫩的小脸庞上恣意蔓延。正是怀揣父亲"读书成名"的期盼，面容清瘦的少年和乐只能把与青梅竹马一起到河里作弄蝴蝶、与最喜欢的二姐吵架等等诸多回忆强自抑在心底，经由西溪而往厦门鼓浪屿，从此走上求学之路，一如滔滔不绝的西溪水放歌大海，由厦门而至上海，再由上海而至美国、欧洲，从此海阔天空，翱翔于天地之间。

　　彼时的小和乐尚且微若凡尘、寂寂无闻，他的离乡求学，除了父母家人牵挂以外，在坂仔便如一颗石头丢进西溪一般，难以在水面荡出些许波澜。此后数十年间，小小的坂仔在动荡的社会变革中难以避免地受到波及，而后慢慢愈合伤口，恢复了正常的生产与生活秩序。西溪水仍然缓缓地流，十尖石起山仍然高峻嵯峨，唯昔日的牧师楼逐渐破败、坍塌了，只余一堵半人高的残墙。农人日复一日耕田劳作，商人南来北往经商贸易，各自为生活奔忙，似乎已经没有多少人记得当年小和乐的名字了，更不知道在水一方有个迟暮老人，时常神情落寞地在梦中呼唤着蘸满乡愁的名字——坂仔。

当年的小和乐，即是日后学贯中西、儒雅幽默的文学大师林语堂。西溪水不说话，它未必知晓，正是它不知疲惫地悠悠东流，让这位胸怀远志的山村孩童有了鱼归大海的畅快，并成就了一位在中国近现代文学史上举足轻重的大人物。唯其令人遗憾的是，它虽日夜期盼着，却不曾有机会承载这位已经年迈而深情怀乡的大师回归梓里。

"影响于我最深的，一是我的父亲，二是我的二姐，三是漳州的西溪的山水。最深的还是西溪的山水。"这是大师离乡多年后，在自传里写下对家乡真情流露的一段话。20世纪60年代初，思乡之情日盛的大师曾到香港小住，女儿太乙带他四处游玩，他却嫌香港不够好："这些山不如我坂仔的山，那才是秀美的山。"女儿带他到新界的落马洲往北眺望，大师眯着眼睛眼巴巴地瞅，却死活只能瞅见一片片田地和迷雾笼罩的小山丘，这样的观赏大师是不甘心的，于是他闭上眼睛，那记忆中高大险峻、层峦叠嶂的十尖石起山和清澈幽深的西溪水，便愈加清晰地显现在眼前了。然而甫一睁开双眼，便又禁不住嗟叹"我此生没有机会再看到那些山陵了"（林太乙著《林语堂传》）。可见大师对坂仔山峦之深厚感情，除了家乡的山，彼处的山再高峻雄奇，也难入其法眼。

比坂仔的青山绿水更亲切的，是魂牵梦萦的浓浓乡音。在美国旅居三十载却始终未入外籍的大师难抑思乡情结，毅然决定回到东方居住了。

首选之地有两处：其一香港，其二台湾。香港有女儿、女婿相伴，还可以和最爱的外孙在一起，美中不足的是没有乡音，闻不到家乡的味道。台湾则不同，无论去哪里都可以听到闽南语，吃到家乡味儿，这每每让大师恍若做梦。更令人难舍的是，那里非但人人讲闽南话，连生活习俗都大抵相同。"大郎做生日，囝仔长尾溜，来买猪脚面线添福寿。"这跟老家坂仔又有多少差别呢？二话不说，大师束装东归，将家安在了台北的阳明山上，坐在阳台就可以望着远山、林木，多少有点回到家乡的感觉了。

论起大师喜闻乡音的快乐,竟成为其《来台后二十四快事》之二:"二、初回祖国,赁居山上,听见隔壁妇人以不干不净的闽南语骂小孩,北方人不懂,我却懂。不亦快哉!三、到电影院坐下,听见隔壁座女郎说起乡音,如回故乡。不亦快哉!"能生活在乡音绕耳的环境里,对大师而言是妙不可言的事,然而美则美矣,这里离家乡坂仔仍然隔了千山万水。正因为如此,生性好客的大师对曾经慕名来访的老乡尤为热情,总要问一些家乡的情事,关心家乡人过得好不好,通不通公路,西溪是否仍可通航等等,对坂仔的思念之情溢于言表。

令大师耿耿于怀的是,虽然晚年在台湾听到了"乡音",却终其一生没能再回到坂仔,没能再看一眼那层峦叠嶂的十尖石起山,没能再拥抱一回西溪水,坐一坐那悠悠晃晃的五篷船了。正如余光中所说的:"乡愁是一湾浅浅的海峡/我在这头/大陆在那头。"人生的际遇各有不同,而思乡情结何其相似,哪怕只隔了一湾浅浅的海峡,回乡路终究遥不可及。

1976年3月26日晚上10点10分,大师在香港薄扶林道的玛丽医院溘然而逝,唯一不曾逝去的,依然是深深烙印在魂魄里的乡愁。

西溪水不说话,它日夜不停息地悄然流淌,流过了艰苦卓绝的革命岁月,流过了涅槃重生的社会变革,流到了城乡面貌日新月异的新时期。今天的坂仔已旧貌换新装,往昔的小小坂仔村成了颇具规模的新型城镇,无论林立的高楼、宽敞的街衢,还是新颖的桥梁、迂回的水岸,无不折射着与时俱进的时代气息。斯人已去,记忆犹存,物质生活富裕了,对精神文化生活的渴求,促使人们对曾经喝着西溪水长大的小和乐重新审视,对大师在坂仔家乡曾经留下的生活印记加以梳理、保存:在牧师楼原址修葺了大师曾经居住过的同字形小院,布置了铭新小学课室,疏浚了水井,让大师昔日的生活场景真实重现。又在故居旁边盖起了林语堂文学馆,让大师的文学气息在高大的菩提树下弥漫升华,让"我本龙溪村家子,环山接天号东湖。十尖石起时入梦,为学养性全在兹"的诗句成为课堂上的朗朗书声。旧牧师楼不复存在，当年那口大铜钟被悬挂在易地而建的新教堂顶楼，声声钟响，依然在坂仔的街巷间回荡。今天的西溪已经不必通航五篷船，往昔由坂仔至厦门三四天的航程，如今经高速不过一个多小时即可抵达，但人们还是在横跨西溪的大桥下修建了仿古的和乐码头，依样打造一艘五篷船在明净开阔的水面轻轻摇曳，以作纪念。沿着西溪曼妙水岸修筑的是一条曲折延伸的木栈道，栈道两边花木簇拥，行人置身其间，既可赏景，又可健步休闲，哪怕在栈道边寻一条凳静静地坐着，也是一道风景。由木栈道溯溪而上，一只硕大无朋的烟斗映入眼帘，那是曾经激发大师无数创作灵感、令大师爱不释手的烟斗，以数十米高的巨大身姿静静伫立于西溪北岸，成为家乡人缅怀大师的标志性建筑。昂首远望，十尖石起山依然青翠高耸，山坡处处，柚子林、香蕉林蔚然成海、连绵不绝，成为坂仔乡野间一道醉人的风景，亦是坂仔乡亲的摇钱树、致富树。此情此景，若大师在天有灵，是否也为家乡的变化而由衷欣慰呢?

西溪水无须说话,它日夜奔腾不息地润泽着大地,哺育了世界级的文学大师林语堂,也哺育了一代又一代的坂仔人,让这一方土地氤氲着灵秀之韵,而这一方土地亦将反哺于它,让它始终波光潋滟、滔滔不绝。

藕花深处

林 艳

我家住在九龙公园旁边,从前每次去公园散步时看到涟涟碧水,就常想要是有一片荷塘就好了。想起李清照《如梦令·常记溪亭日暮》中的"兴尽晚回舟,误入藕花深处"的那份浪漫,对荷的向往就是那般心动。

不承想去年夏天,公园中湖的东边兴建了一座曲折的桥廊,工人往湖里放了很多种植的淤泥,爱人说这里肯定是要种荷了。果真如此。这一小片荷塘给公园增添了生气,游人们常驻足赏荷。今年,夏天又到了。

早上,我带着女儿卯卯到公园散步,走到九龙戏珠前的小广场就闻到空中弥漫着一股清淡的花香。远远望去,呀,一片绿油油中分明有明艳的粉红在随风飘动。我们不禁小跑起来，卯卯开心地叫起来："荷花开了，好美啊！"清新的绿意映入眼帘，一片又一片圆润、绿如翡翠的荷叶挤满了我的视野。挤挤挨挨的荷叶像一个个碧玉盘，独立却又那般和谐，有时风一吹，你就能看见藏于其中的荷花、莲蓬。这真是"荷叶罗裙一色裁，芙蓉向脸两边开"。我边观赏边拍照，卯卯在红色的桥廊上跑来跑去，还笑着对我说："妈妈，我想捉一朵荷花。"是啊！湖中荷花有的已经开放，有的含苞欲放。刚刚结成花苞的绿中带点红，小小的，惹人怜爱。盛开的花儿更是风情万种。你瞧，那一朵似一个娇羞的闺中小姐，把荷叶当作琵琶半遮面，偶尔被游客捕捉到了她的身影，立刻羞得满脸通红，那般妩媚怎不叫人深深吸引？还有的却是大大方方，如一个舞者万种风韵，千万片荷叶是她的舞台。她一会儿随风轻舞，曼妙的舞姿翩翩引人遐思；一会儿又凝神默立，似乎正在酝酿下一支舞。这肥硕、圆满的叶，这亭亭净植的花，静静地立在湖边，一片香艳，随风轻轻吸入,沁人心脾。人们有的站在桥廊上,有的坐在湖边的石椅上赏花、闻花,别有一番滋味和情调。

盛开的荷塘边有几个摄影爱好者支好架子正在摄影呢!我怀着好奇心走近一个专注摄影的老爷爷,原来他拍的是一只褐色的小鸟,瞧它正站在新绿的莲蓬上,那神态怡然自得。哦,不愧是摄影师,我在池边赏花那么久都没注意到有小鸟在池中飞来飞去,而他们竟捕捉到了它的身影,真敏锐呀!这时,又一只小鸟飞起来了,摄影师们又忙着抓拍它的身影,我的视线忍不住跟着小鸟飞来飞去。它小小、褐色的身子那么灵动地在绿色的荷叶间穿梭,时高时低,时而盘旋在荷花间,时而又冲上天空,待你不经意间又俯身而下……这时,小鸟也许飞累了,渐渐落下来,安静地立在一枝新生的莲蓬上,只听"咔嚓""咔嚓"的声音,摄影师们快速按下镜头。一个穿红色上衣的青年摄影师正好在看他刚拍的这张照片。呀,这只小鸟嘴上居然还叼着一只小青虫呢!小黑豆般的眼珠机灵万般。原来它不只是玩耍，还觅食呢！塘中花叶间还有很多蜻蜓、蝴蝶自在地盘旋、飞舞。哦，这荷塘给了小动物们多少快乐，也给了人们多少快乐呀！邂逅这一池涟涟的夏荷，相遇这池边的一切，心里顿时飞出了一只只快乐的小鸟。

小时候，故乡也有荷塘，一片连着一片，如今却已被填平，建起了厂房和高楼。那里曾是我们快乐童年的写照。夏日的午后，我们常常去荷塘边玩耍，知了不停地在树上叫"热呀热呀"，我们却一人摘了一片肥硕的荷叶戴在头顶当作帽子，格外阴凉，有时还去扑荷塘里的蜻蜓。碧绿的荷叶一望无际，粉红的荷花星星点点地装饰着荷塘，望过去就像是一张绣花的绿地毯。荷塘最动人的时刻，还在夜里。夏夜的月光给荷叶镶上了道道银边，就如一环环"银轮"泛出银光；闪闪发光的萤火虫，如同流星雨似的缀满荷塘。在荷叶间栖息的青蛙，呱呱地叫着，和岸上的"纺织娘"一唱一和……

爱上夏日荷，爱上它的"出淤泥而不染，濯

清涟而不妖",爱上它的"清水出芙蓉,天然去雕饰"。夏天来了,到九龙公园荷塘边走走吧,相信这样一片荷塘,将丰盈你的夏日梦!

周末，我要去哪里

柯国伟

每个周末，我都在企盼能有一种有意思的生活降临。我的生活并不如意，消耗着我原本就很有限的热情，许多事情成为一种没有意义的符号，被当作一种机械的动作来完成。生活的苍茫与困境磨去了我当初许多绚丽的光彩，但我知道，我必须重寻那光彩，即使它不再有当初那种梦幻、耀眼的色泽，变得斑斑驳驳，染上了沧桑的褶皱。不过，这已足够，并且意义重大，毕竟这是光彩。有了这样显得丰富的光彩，我就获得了新的生机，我将像一棵正在成长的树，会慢慢变得根深叶茂、郁郁葱葱。任何时候，我们都需要寻找，永无止境地寻找。否则，又将陷入新的"困境"。

酒吧

酒吧，城市的隐秘窗口，它总是很随意地散落在各个角落。夜色到来后，它亮起了迷离、暧昧的绚丽灯光，有种深邃的诱惑力，里面更多的是一片昏暗，还有很具情调的音乐与布置，让人感官迷离、心也迷离。它很有吸引力，让人有种沉醉的感觉，空气中的因子似乎也因此充满了情调，人仿佛掉进了柔软的海洋里。这样的地方，让人感官舒适，它总在繁华的光影中召唤那些夜归人。

酒吧，是心在漂泊的人的归宿，可我从没去过。我想象中的酒吧是西方书里或是电影中的酒吧，它比现实里的洁净、纯粹、安宁，没有乌七八糟的邪气。就如一个男子，可以孤独地坐在角落，听着很安静的曲子，只专注于自己，喝酒、抽烟、沉默、失落，在烟酒的包围中放逐自己，不需要顾及周围的一切，做自己想做的事，甚至可以流泪。没有人会来打扰他，觉得他是另类。大家互不干扰，在迷离的光影中，没有谁会去注意别人，更不会有刺耳、尖锐的声音。忽然想起一位作者开了间叫作"山在那里"的酒吧，装饰考究，并且精心安排了几个主题场景，让不同的人都能在最大程度上找到符合自己心境的氛围。我想，这样有内涵的酒吧才是纯粹的，才是我想去的。

酒吧，承载着自由的气场。它不应是欢愉的地方，因为它不明亮。我不知道酒吧真正的含义是什么，但绝不会是现实里的纷乱、驳杂、尖叫、疯狂，或者是自以为无比前卫、个性而实际上幼稚无比的卑劣、庸俗。酒吧，也不应是小资的代表。酒吧，在我看来，只适合那些有内涵、有着丰富生活体验的人来。他们不会举止轻浮，但也不会循规蹈矩，比如跳舞。他们可以说："我跳舞，因为我悲伤。"他们不会故作姿态，只是有时会去表达自己真实的内心感受。我觉得，酒吧就是为这样的人而存在，他们在这里可以放逐自己的感情，或者和别人交流彼此的体验。无论是高兴的，还是悲伤的。他们比别人多了一种精神上的优雅"酒吧"，他们可以把心暂时地寄存在酒吧里，可以彻底做回自己，暂时卸下生活的种种之累。这种"酒吧生活"应该是生活的一种极致，有物质的丰盈，也有精神的绚美，我再也想不出能有比这更好的生活方式了。于是，它成了我向往的地方。

我总在幻想自己在酒吧的情景。一个人时，选择一个不显眼的角落，独自坐着，听那些有着丰富内涵的英文歌曲，与心灵息息相关。昏暗中，释放心中蕴藏的感受，无论悲苦、喜乐，都可以一点一点地接受并回味。听别人安静地唱歌，这是我对酒吧的期待与幻想。我希望的酒吧是一个高贵的场所，优雅，漂亮，迷人，就像一位有着高雅气质的女子，永远让人产生愉悦的感受。

酒吧，按照我的理解是一种情怀，而不是时尚、前卫，那现实的酒吧不是我所向往的。酒吧，永远在我身外，而我也许永远无法抵达，只能一次次地呼唤它的名字。

书店

这是我永远都想去的地方，不论何时何地。

并非我多么喜欢看书,这只是我学生时代一种良好习惯的延续。喜欢书店那种窗明几净的感觉,置身其中,仿佛就和外面纷扰、喧嚣的世界隔离开来,让我感到舒心的宁静与惬意,这也许可以勉强称为"繁华中的桃源"吧,并且没有任何门槛。

其实,我经常去书店,但真正看书的时候却不多,只是喜欢去书店感受那种书的氛围。说好听点,叫书香。在我们这样的小地方,书店里没有多少丰富的书,种类单一,真正的好书很少很少,文化在这里处于边缘地位。偏偏我又是个极其挑剔的人,不管是谁写的,只要让我觉得,无法从中得到一种心灵上的满足与契合,一概忽略。只有那些能引起我兴趣,又能触动我内心的书,我才会翻开看看。因此,我去书店,更准确地说是"走马观花",但我就是喜欢。

我想说,那也是一个多彩的"繁华世界",只是安静无声,需要用心去感受。琳琅满目的书摆在书架上,远远站着,用眼角轻轻一瞥,那就是一片七彩天地，一片文字的丛林。每本书都有自己的颜色，就像每本书都有自己独特的指向，有属于自己的气质与印记，还有书页所散发出的气息。

在这样的书香中穿行，是件很有诗意的事。每本书都是一个窗口，每打开一个窗口，就是另一片新天地，读书像是在探寻一片充满神奇的未知世界，让人充满期待。一路上都是美丽的风景，什么都好，绝不会有什么丑陋、突兀、刺眼的东西出现，让人扫兴。我们都向往现实里的繁华生活，可是内心却极度缺乏这样的诗意、唯美，可惜外在的繁华永远也拯救不了内心的苍白、乏味，乃至庸俗。于是，繁华世界里，依旧能听见一片稀里哗啦的无聊声、叹息声，许多灵魂都在盲目徒劳地挣扎，都市绚丽的光影对此并没有任何帮助，只是让人变得更加孤独、无力。当一切清场，剩下的只是寂静，这寂静里，什么都没有，只有让人心慌的空。

倘若足够好运，也许能碰上一本契合自己内心期待的好书，这并不容易，需要缘分。只

/ 周末，我要去哪里 /

一眼，就愿为它而沉沦，把身边的一切都过滤掉，感官里只有我和它的世界，我们在进行无声的对话，心的交流。心灵可以在瞬间穿越时空，接上作者当时飞翔的思绪，甚至会有心灵的震颤，被某个字句击中灵魂，长久地沦落其中，不想出来，体会着巨大的情感触动与欣慰，不知不觉中，浅浅的笑意浮上嘴角，化开了平日里凝重、忧郁的面容，微笑，绽放了面容。假如我能变化，就变成一个和文字一样大的人，从它们身边走过，用手去触摸感受它们。就像我的诗句："我的脚步声，响彻在／每个动人的句段里／与文字相互唱和／共奏一曲／《高山流水》／每张书页，都变得／处处耀眼、处处明亮……"

那是真实的、能让人感动的时刻。而真实，已经很少了。这世界总有许多悖论，可偏偏只有真实才能让我们找回自己。至少，在书面前，我可以用本真的面目出现，不需要任何多余的面具，哪怕这个面具非常体面、好看、优雅。

但更多时候，我只是浏览。如果没有什么

自己喜欢的书,就会很快离开。有时,路过书店,明知道不会有什么收获,也愿意进去走一遭,感受书店那种书的氛围,觉得心安详、踏实。自然,我喜欢大的书店,而且要明净,会让我感到一丝心旷神怡,引发一点美好的遐想。生活的苍茫早已让我没有做梦的感觉了,曾经的意气风发早已烟云散尽,一颗曾经晶莹剔透的少年心已经变得斑斑驳驳。这一点遐想,却让我感受到了那种纯净、梦幻的气息,让我又有了做梦的感觉,重拾青春时光里的美好心境。

这也是种乐趣。书店,于我,是另一个自由所在。

网吧

网吧,始终让我无法抗拒。我可以抵抗住任何事物的诱惑,唯独无法拒绝网吧。空闲之余,总是念念不忘。尤其是在周六晚上,宁愿去和学生争一个上网座位。周六,在我看来,是最美妙的时间。可以心无挂碍,不用去想昨天,也不用去考虑明天,尽可以放松心情,给心灵放假，完全属于自己。

但其实，我从不玩游戏，也很少聊天。这个虚拟的空间比现实里的更美，用光、电、颜色、网页就能搭建出一个看起来很干净的世界，只要一根网线，就可以把世界尽收眼里。网络的发明，真是人类革命性的进步。

上网后，登录邮箱，查看邮件。这是一件傻事，我总想着信箱里随时都能有用稿通知，但很显然，这是幼稚得不能再幼稚的想法了。但无妨，可以把它当作一个梦，有梦总比没梦好，这是我现在唯一还可以做的梦。毕竟有了梦，就有了希望，有了热情，有了美好的憧憬。不管结果如何，至少现在意义重大，有了企盼，心也就活了。这也是网吧对我有着致命吸引力的原因。

接着上博客，看看有什么文友留下了什么话。这是件乐事，与文友互相交流。有时，就像逛街一样，点击一个又一个的博客，熟悉的、陌生的都愿意去看看。文友的博客自然不同，干净，没有那些无聊的内容，最妙的是还可以看到他们精心搜集的精美图片,或者听到动听的音乐,谁能说,这不是种享受呢?这也可以算是一种风景。可以惬意地读他们的文字,倘若觉得好,能引起共鸣,便会大谈一番感慨,写下长长的留言。生活里无法表达的心情,在这里找到了它自由飞翔的天地,并且,这里充满了人性关怀,充满了温馨。假如谁有文章发表,大家都会为他祝贺、高兴。假如,谁的文字里透露出悲苦的境遇,很多的文友都会为他鼓劲。这里,其实就是一片有着落英缤纷之美的桃源,没有生活里的纷乱、驳杂,纯净而安宁。

　　这样的交流,真叫人内心一阵温暖。真诚,透明,澄澈,不会有心灵之累。在彼此的互动交流中,又加深了彼此的了解。有些文友,虽然不曾相识,但却可以当作心灵的伙伴。于是,从陌生到熟悉,有些文友的博客每次都是要去的。静静地来,有时也静静地走,没有留下只言片语,但彼此知道,一定会有内心品质相近的人在默默关注。因此,彼此从来都没有给对方增加任何多余的负担,这才是我爱慕的境界。每个人都可以为自己而歌唱,不必说,要对方认同什么。假如彼此在某些范围有所重合,那就可以坦诚地交换一下看法。会心之时,悄然一笑,话已多余,一切尽在不言中。有时,就在某个句子中感受,或是在某种旋律中意会。那时,已不是感动所能形容,而是感到欣慰、欢喜。原来,我不孤独。在某个遥远的星空下,同样有人像我这样,仰望星空,发出一声长叹。多么美妙的感觉啊!

网吧,让我无法转身,但我从中找到了另一种丰富的、有意思的生活。这使我可以从苍白、压抑的现实生活樊篱中挣脱出来,获得心灵上的光彩与活力。

商业街

这是我永不疲倦的爱好。喜欢浮光掠影,喜欢多姿多彩,逛街,满足了我这样的想法。

但我不是去购物,只是喜欢到处看看,感受一下时代进步的气息。我喜欢都市的繁华、绚丽的光影，但并非崇尚奢侈，歧视乡村。我只是喜欢干净、整洁、多彩、丰富，而都市符合这样的特征。

我生活的这个县城，正在日益加快城市化脚步，这是我所希望的。这样一来，我生活的地方就有了更多的内容、更完善的各种城市功能，我就能体会到更多洋溢着现代生活气息的事物。它们，让我感到时代的美好，而不像别人所说，都市是他们想逃离的地方。试想一下，假如真的没有城市存在，那么人类的生活将会怎样？

我的生活平淡无奇，而逛街欣赏越来越有都市味的县城，无疑是自己对生活的一种诗意遐想与调节，并且是打发孤独与压抑的好办法，这很重要。同时这会让一个身处困境中的人，仍然感到生活是美的，是值得去拥有与期待的，这同样意义重大。

某个晚上，路过今年刚刚落户本地的肯德基餐厅，灯光明亮，落地窗干净，肯德基广告牌泛着温暖的浅黄色。再看里面着装统一的服务员，还有热闹的顾客，竟感觉像是电视剧里的情节，有那么点不真实的感觉。但又觉得很好，希望更多城市化的东西出现，提高视觉美感与生活品位。其实，对我来说，逛街就像构思一篇小说，看见某个地方就可以添加自己美好的幻想，以弥补自己在现实中的缺失与遗憾，以此达到心灵的满足与丰盈。我甚至为自己这样的想法感到欣慰与自豪。

我希望，能有更多有品位、有档次的地方出现。它们，其实就是一种象征。酒吧，优雅；咖啡厅，温馨；超市，热闹。当然，这些仅仅都是物质层次。我还希望能有具有文化内涵的东西出现。比如，展览馆，每个周末都能去看画展，或者其他书法、剪纸等各种艺术门类；音乐厅，可以聆听各种美妙的音乐。我也希望能有各种社会团体，组织起有意思、有内涵的活动……它们，构成了一个诗意而丰富的世界，可以创造一个美的外在环境，继而可能去影响人的心灵，把人的心灵导向更高层次的追求。

有时想，逛街就像是在电影胶片的镜头中

穿行。它可以被定格,从某种角度来打量,它就是美的,就像是由一幅幅画组成。当它流动起来,就成了我的动态。这又像别人旅行看风景,只不过我的风景就在身边,走不远,但毕竟,我走出去了。从这点上看,我与那些到异地去游玩的人都是一样的。谁又能说,这不是一种旅行呢?

自然,能去远方更好。但假如,无法去远方,无法去拥有充足的物质,那么是否我们就会觉得自己不幸,因而丧失了一颗充满热诚的心呢?我想,不是。任何时候,心灵的多彩与安详才是我们能够勇敢面对生活困境的有效武器。重要的是,你有一颗什么样的心。所以,诗人说:"人,诗意地栖居在大地上。"

白叶溪的记忆

黄志耀

白叶溪全长十二千米,它是九龙江的源流支头。白叶溪就像一条玉带在白叶村境内环绕两千米,然后飞流直下经过三个行政村到国强乡政府所在地与花溪汇合,沿着坂仔镇至平和县城,再经过南靖县汇入九龙江。

白叶溪的源头平和县国强乡白叶村,是一个群山环抱、四季常青的美丽村庄。村址所在地海拔四百五十米,最高海拔一千多米,平均海拔六百五十米左右。群山中郁郁苍苍的树林,是天然储水池。雨天,它敞开胸怀接纳源源不断的天然水,晴天则根据需要,释放出清澈透明的涓涓细流。这些细流在东西南北的无数山沟里日夜不息地流淌着,向着白叶溪汇集,然后向着遥远的大海流去。

记忆中的白叶溪是美丽的，日夜不息流淌的溪水，多么清澈透明，两三米深的水里小鱼活蹦乱跳，一群一群的大鱼游来游去，牛儿兴高采烈来河边喝水。生活在小河畔两边的两千多名村民，洗菜挑水都在这条小溪里。

记得20世纪70年代中后期的一个星期六上午，我们本小队几个在中学念书的同学一放学顾不上吃午饭，就匆匆忙忙赶回家，八九千米的路程只走了个把钟头。大家虽然气喘吁吁，但回家后不久，我们就在玉明楼大门口集合，其中有一个同学拿着水桶，我悄悄带上我家的渔网。大家沿着楼的右前方小道走，走了五十米后就沿着溪岸往西再走一百米左右转弯，这里有一个长方形的小水潭，长十多米，宽两米多，深一米七米左右。小水潭左右两边是石壁，水潭的南边岸上有一棵很茂盛的树。不知何故，大家都叫这个水潭为"阿生潭"。阿生潭中午时照不到太阳光，炎炎的七月，这里也没有热气腾腾，大树下的石壁上十分阴凉。因为这里的水是清凉的，大热天里，溪里的大鱼经常在这里歇息。之前那个星期天，我们的一个同学发现这里有大鱼后，就悄悄告诉我们几个人，并且商量如何打"歼灭战"。

据老人说，这个阿生潭曾经死过人，大人不许自家孩子在这里玩耍，更不能在这里游泳。所以，我们那天的行动属于绝密级的。

我们到了阿生潭，悄悄爬上石壁侦察，果然有一群大鱼在游动，我们眼馋得口水都流出来了。我们迅速在上游水口垒起石头，防止大鱼逆流而上，石头大概垒得有半米高，对这些大鱼来说就是一道铜墙铁壁。然后我们在下游水口用我带来的渔网把守，因为水口狭窄，一张网可以围成三重，可谓固若金汤，不管鱼有多大，想冲破三重封锁线走出包围圈都是难上加难的。我的任务是把守上游水口，该水口虽然有"铜墙铁壁"把守，但为了防止大鱼"狗急跳墙"，我还是拿着一支竹竿，站在"铜墙铁壁"边站岗，俨然就是一个勇敢战士，有着"一夫当关万夫莫开"的气势。其他四个小伙伴，一个叫阿雄的主管下游渔网处，主要是防止大鱼一冲，被打开缺口，使到嘴的"肥肉"从渔网中溜出去，其他三人在主战场当主攻。战斗一开始，就异常激烈，只见水花翻滚，大鱼东躲西避，但无奈，此潭光溜溜没有一个石洞可藏身，到处碰石壁的大鱼被搞得晕头转向。这时，有一条大鱼向下游冲去想顺水逃走，却被守株待兔的渔网挡住，它奋起反抗，卷起一个大旋涡，把渔网弄成一堆。这条大鱼虽然左冲右突，最终还是被渔网一重又一重紧紧缠住，越反抗就缠得越紧，最后乖乖束手就擒。阿雄抓起渔网中的大鱼，往北边一个干地的石头堆走去，阿生、阿盛等三人以迅雷不及掩耳之势重新布网。这时，水被搅得很浑浊，我们看不见里面鱼的动向，战场出现了暂时的宁静，显然这些大鱼是想以静制动。我们初战获胜，大大鼓舞了继续战斗的决心，歇息片刻又向"敌人"发起第二轮进攻。这时，我撤出站岗的位置，在下游渔网边与阿雄一起把守水口，阿生、阿盛等三人即在石壁上往潭里乱丢石头，目的是逼鱼露面，然后根据出现的目标,把鱼往渔网赶。说来这些鱼也憨呆,竟然有两条鱼乖乖往伏击圈钻。通过不断转换战术,到了下午五点多钟,我们竟然抓了八条大鱼,平均每条三斤多。后来的几个礼拜天,我们又多次在此观察,但不知何故,却始终没有看见大鱼在此出现,觉得十分遗憾。

后来,山地开发引发水土流失的现象时有发生,污水垃圾没有进行统一规划管理,致使清澈透明的水质受到影响,大鱼不见了,小鱼也少得可怜。近年来,国强乡党委政府高度重视生态保护和环境建设,投入大量资金整治水土流失和源头水源的卫生治理,也许不久的将来,记忆中的白叶溪会在我的眼前重新出现。

雨后初霁登紫云

杨燕芬

第一次在雨后登紫云岩,刚巧是惊蛰节气,一如那些蛰伏了一冬的各种昆虫被春天惊醒了一样,我在山林间焕发了精神,纵情领略紫云岩的春色。紫云九龙,安闲地静卧在潭畔。高大的古榕伸长了好客的手臂,泰然处之地迎来送往。我一路拾级而上,古道青苔演绎着古诗文中梦里花落知多少,包容我那不胜欢喜的童心。道旁的桂花树香气四溢、沁人心扉,叩开我儿时关于桂花的种种记忆。鸟儿时断时续的鸣叫声从枝繁叶茂间传来。唧——!唧——!唧唧!唧唧唧!啾啾啾!啾,啾啾!清脆中蕴含欣喜,印证着"鸟鸣山更幽"的意境。山林间还带着些潮气,混合着花香、泥土的气息,在暖暖的阳光下酝酿,充溢在春寒料峭的层峦叠嶂间。樱花园里绯红的花儿烂漫如童稚的笑脸,还带着露水的绿草如茵一般。金黄色的炮仗花铺天盖地。山谷里,努力了一年攀缘而上的藤蔓正或青或黄地张罗着给茂林修竹们编织彩衣。山风过处,吹落满地金黄,堆积在路旁泥泞的黄土间。我没有想到,在这初春的山林,原来也有山道尽带黄金甲的灿烂。那些为跃上枝头的木棉花苞让道的黄裳,那些装点了一季寒冬的华衣,都在细雨霏霏中洗尽铅华,零落成泥碾作尘,充当了护花使者,在微微春晖下熠熠生辉了起来,与被雨水滋润得发亮的树叶儿相映成趣。

宽阔的盘山水泥路与新建的浅灰色石阶蜿蜒而上,条条山道纵横交错,在群山掩映中透迤于一处处人间仙境:有"古榕伴月",位于紫云岩麓高坑村西侧,苍松翠竹之间与寨潭后边的巨石顶上。古榕从石缝中长出,干壮根粗年岁悠长!若在月白风清之夜,树影映照潭中,古榕伴月,水天一色,游目骋怀,其喜洋洋者矣。有"厅房虎洞",可容纳一百多人,古为老虎出没之处而名,后为游客避暑休息之地,抗日期间为避敌机轰炸之所,当时石码镇居民大多疏散在高坑各村隐蔽,此洞最安全。有"金鸡啄石"位于上山道旁,栩栩如生。山上有紫云禅寺,原称"石壁岩",始建于明永乐年间,坐东朝西,祀三宝佛和观音大士。因时代变迁,庙宇兴废相承,经清康熙、乾隆、光绪年间三次重建,其重建碑记犹存。1987年重修禅寺,至今寺宇巍峨、佛像庄严、山岩更美。岩寺香火鼎盛,昔为骚人墨客活动之胜地,今为龙海市紫云公园主要风景区、县级文物保护单位。

位于紫云寺旁有"大树夹石"奇景,位于紫云寺旁一棵树上。此石乃20世纪40年代初,日本飞机轰炸高坑石埔之石飞于树杈而存。有"甘泉取水",岩上之泉和高坑之井,水清澈甘甜,大旱不涸。游人都喜爱紫云甘水,石码镇及附近居民每日清晨与傍晚上山入寺取水者成群结队。从寺旁上山至大寨尾顶,可观日出之景、可观龙江入海处,可观四方名山,可鸟瞰石码全景，可参观民族英雄郑成功抗清之大寨、二寨遗址，也可欣赏石牛、石鳖群、仙人床等诸多奇形怪状的石景。站在山巅，我俯瞰整个县城，前有流水，后有靠山。滚滚东流的母亲河九龙江汇入东海，继续演绎着九龙戏水的佳话。

山明水秀、风景绮丽的紫云岩，也是历代名人避暑攻读之处：明天顺年间御史沈源、永乐年间举人卢琦、嘉靖年间举人高宽、万历年间拔贡高之升、都察院检校卢春魁等诸古人皆于此攻读成名。明时海澄名士"吕滨溪隐于寺攻书，因岩寺之空中凝聚紫云，后乡试中举，为不忘发迹之地，献资重修其寺，雕金身佛像，亲题'紫云岩'巨匾，世称紫云盖顶乃吉祥之兆，遂名'紫云岩'"。

绿树、黄叶、古道、青苔、红墙、碧瓦，都在春风化雨的润泽中与李白桃红的映照下，将早春的紫云岩装扮成一幅多姿多彩的画卷。汉代刘安说："不与井蛙语大，不与夏虫语寒，不与曲人语直。"也有人说，爬山不要选择好天气，这样才能看到与众不同的美丽风景。果然如此！

此城可待成追忆
何欣航

此城可待成追忆,只是当时已惘然。回忆起那快乐的往事、那一个个古老的小镇,我的心头,就悄悄涌上了丝丝甜蜜与淡淡的惆怅……

泰宁,美丽的古镇,被墨香浸润的小镇,氤氲着古老的书卷气息的小镇。

泰宁,恰如一位清新淡雅的江南姑娘,怀抱一本书,走在青石板路上。一身白衣,如此素雅,如此超凡脱俗。她的气质,感动了每一个人,折服了每一个人。

一会儿工夫就喜欢上泰宁了。没有一丝喧嚣,安安静静的,让每一个人,都轻轻地呼吸。

都不忍打破这份宁静呵。

"你们好呀!"

导游,一脸阳光,一袭白裙,向每一个人微微一笑:"辛苦了吧?今天,我们要去尚书第。那里,可真是书香满院呵。"

来泰宁,自然是听过尚书第、大金湖。总想象着尚书第,那是怎样一个地方?必定是沧桑、古老的了,如同一个白发苍苍的老人。他曾经关注过每一个孩子的成长,数着他们的脚印,在阳光下静静看着他们微笑,尤其是那个曾经让自己最为骄傲的孩子——李春烨,一代兵部尚书。

如今,他一定是深情地凝视着日出日落,回忆起当年自己的生活吧?

走上美丽的绣衣坊小巷,来到尚书第门前。第一眼看到的,就是斑驳的墙壁上,三个金色大字:尚书第。

踏进门槛,导游微笑地走在前面:"尚书第有五座院落,坐西向东,从南至北并肩排列。第一幢是当年尚书李春烨用餐的地方,第二幢则是李春烨和他的夫人居住的地方,第三、四幢是李春烨的孩子们住的地方，第五幢是李春烨母亲居住的地方。"

说罢，导游领着我们，走过了当年轿夫、仆人用餐的地方。那儿早已空空如也，脚下的地板也染上了土黄色。我不禁怀想起当年，这里摆放着几张桌子，仆人们坐在桌子旁，叙叙旧，谈谈心……

步入第二幢，我们的脚步里都多了许多景仰，这里是李春烨和他夫人居住的地方。房子光线暗淡，而且有些狭小，墙壁、地板都是那么古旧，但是，这里留下了李春烨的足迹，所以被人珍藏。因为他的赫赫有名，他居住的府邸、他居住的古城，都有了名气……

如今，这几幢房子已经被辟为珍宝馆，里面收集着各种家具及饰品。也许，李春烨的夫人曾坐在这里，对着镜子，细细地梳妆打扮吧……

在尚书第里游走着，目光随着脚步游动，我发现许多让我感到兴奋的东西：李春烨送给女儿的嫁妆——一排漂亮的屏风，上面有着美丽的纹饰，当年李春烨对女儿满满的爱和屏风中的温暖，一齐向我涌来……小姐房间里的"百叶窗"令我感到新鲜，当小姐对镜梳头、和仆人说说话的时候，外面的人根本看不见她的面容，可她却可以看到很远的地方……

更令我兴奋的是尚书第中悬挂的几方牌匾："四世一品""柱国少保""清朝师柱"以及"孝恬"。"四世一品"是皇帝给李春烨及其夫人，李春烨的父亲、母亲、祖父、祖母、曾祖父及曾祖母的一个虚衔，但，这也是李春烨和泰宁人民的骄傲。"柱国少保"意思是李春烨是协助皇帝的好官员。"清朝师柱"是给李春烨的美誉，指他为官清廉，是太子太师。"孝恬"则是说李春烨赶回家给母亲祝寿，是大孝子的意思……这四块牌匾，以及牌匾所传承的思想道德，都给李春烨和这儿的人民带来了无限的荣光！

导游领着我们走在通往后花园的路上。路上，我的脑海中，充满了对后花园的想象：那儿栽种着一株株奇花异草，千年（不说千年，百年应该也是有的吧）老树站在花园一隅，静静地望着过往的人。可是，当我们真正走在花园的小径上的时候，我发现这儿杂草丛生，周围都被绿色覆盖，真有一种荒芜之感。是这儿的人没有照料花花草草吗？或者，杂草不顾一切往上疯长？

也许，当年，当李春烨赶回家，得到了大学士张瑞图所书的"孝恬"，并且是皇帝钦赐，还能在华丽的屋子里为母亲祝寿。虽说在外人看来，他是幸福而快乐的，但是，没有一个人知道，他此刻荒芜、杂乱的心境：他刚衣锦还乡，想不到熹宗在八月去世，继位的是崇祯皇帝。崇祯皇帝一即位便着手处理魏忠贤阉党一事。同年十一月，魏忠贤被发配到安徽凤阳。（谁都知道，大太监魏忠贤排除异己，大肆屠杀东林党人。而李春烨却飞黄腾达，加官晋爵，官至"兵部尚书兼太子太师"。）紧接着，崇祯皇帝便对阉党进行处罚。这件事波及李春烨，他的罪名是勾结宦官魏忠贤。但是念及李春烨以前立下的种种丰功伟绩，只让他"坐徒三年，纳赎为民"，也就是李春烨可以"交钱免刑，但不能再入朝为官"。

我想，李春烨的晚年生活一点都不幸福：他会遭人唾弃，再也没有了往日"国人聚观之，惊以为神人"的威风，而是"林居十年，里狂少年有侮之者，公欣然引唾面谢之"。更不幸的是，他五个儿子中，长子、次子都先他而逝。他入朝为官许多年，有风度、有涵养，表面上毫不在意，但他的心里一定会有懊悔和丝丝惆怅吧？没有了一点儿雅兴的他，自然不会去侍弄那些花花草草，这片园子，从此荒废了。野草，疯长得那么野蛮、无所顾忌，但他不管了，任由它们去长，就像他任由那些流言蜚语疯长，对那一切都无能为力……

想来也能知道，他能用三年时间从正七品到从一品，必定是由当时把持朝政的魏忠贤所提拔。也许，是李春烨对魏忠贤有过妥协，也许，是他真的和魏忠贤关系亲密。回想他年轻之时，正值杨连、左光斗、万火景忠谏熹宗，要求严惩魏忠贤而遭迫害，李春烨挺身而出，为杨、左、万三人仗义执言上谏，前后对比，真叫人叹息！

不管怎样，淳朴善良的泰宁人民，在后来的"文化大革命"时期还不惜一切代价保护尚书第不受到毁坏，李春烨在他们的心目中一定有着无可替代的地位。不管他是怎样的一个"传奇人物"，在家乡人的心目中，他都是一个大孝子、一个有才华的好人。

夕晖下，尚书第静静伫立着。"白发高堂游子梦，青山老屋故园心。"尚书第，如一位慈祥的母亲，包容着远方归来的游子，泰宁人民更是以一颗博大的心灵，宽宥这位曾经的家乡人，这些都留给我们后人以缅怀，以思索。

故乡的老菜脯

江惠春

有一次出差在外,不经意吃到一道老菜脯炖鸡汤的菜肴,汤色清醇,味道鲜香,同桌的人们不禁啧啧称好。原来这道菜是饭店的招牌菜,主料选用的是经过多年自然陈放的老菜脯,难怪味道如此香醇。许久没吃老菜脯了,在这异乡的饭店,看到老菜脯,我仿佛见到久违的故乡般亲切,思乡之情油然涌上心头,难怪有人说,对故乡的怀念,其实是从吃开始的。

老家地处平和大溪,蹚过镇上那条宽阔的河流,就是外婆的村庄。圆形的土楼,家家户户的房顶都是瓦片铺就,内外用水泥土砌成墙壁,二楼有木制的窗台,打开木窗就是宽大的窗檐。村庄里还有一个宽敞的晒谷场,每年一到七八月份，正是萝卜丰收的时候，如果阳光灿烂，晒谷场上就会铺满了制作老菜脯的萝卜。农家女人每天天不亮起床，然后将自家的萝卜搬到晒谷场上晾晒。也有些小媳妇们占领不到场地，只好就在自家的屋檐上铺满肥肥的萝卜。制作老菜脯的萝卜不似市场上卖的萝卜，必须是连着根部的叶子一起晾晒。于是，白的萝卜、绿的叶根，在太阳的炙烤下，开始缩水，叶片都蔫蔫地打卷了。

农家女人每天都在翻晒萝卜，偶尔在屋檐上碰见了，彼此拉呱几句，话题总离不开关于萝卜的腌制方法。抬头看一看谁家的屋檐上萝卜干晒得最多，就知道谁家媳妇最贤惠了。

我的外婆，年轻的时候，也跟左邻右舍的小媳妇一样，天不亮就起来晒萝卜，日落时再收回来，等晒得差不多火候时，就让小女儿光着脚丫在萝卜上面踩。踩呀踩，踩得萝卜最后一点点汁液都给挤了出来。那时，屋子里就散发着一阵阵浓烈的萝卜味，凑近了还可以闻到一股子太阳的味道。那种温暖的味道，闻着就觉得特别清新。

外婆将晒干踩扁的萝卜放入大水缸里,一层层铺好,每铺一层萝卜就撒上一层盐巴,直到盐分入里,便成为菜脯。制作时的工序要特别注意,不能沾一点点生水,否则萝卜就会烂掉。外婆说,萝卜腌制得好能吃上多年,这样的菜脯才能让人入口难忘。此话一点不假,菜脯腌制久了,状如固墨,卖相虽不太好,煮起来却很香醇。在当时的农村,菜脯是穷人的菜。家家户户都备有几口腌制菜脯的大缸。村民们忙完农活回来,端起一大碗白粥,从大缸里截了半条老菜脯,配着白粥,蹲在自家的门槛上,呲溜呲溜地吃得津津有味。而又有谁能想到,眼前这些黑乎乎的老菜脯,在若干年以后竟能成为一些饭店的招牌菜。

在城里生活多年后,物质生活日渐丰盛,人们不再只满足温饱,而对食品的营养、口味以及安全性有了更高的要求。老菜脯,许是因其制作程序烦琐及不太卫生的缘故,慢慢淡出我们的餐桌。我甚至忘记了有多少年不曾吃到故乡的老菜脯。而今，却在异地他乡的老菜脯里，吃出故乡的味道，那味道里仿佛有阳光清新的气味，仿佛有亲人热切企盼的双眼以及声声不倦的嘱咐。人总是这样，离家远了，哪怕只是一道菜，都能勾起心里对故乡的怀念。

对于久居城市里的人们来说，有各种各样的佐料小菜出现在城里的早餐桌上，即使偶尔见到一些品牌小菜，也是用了杂七杂八的佐料配制后精致地包装在袋子里出售。人们入乡随俗，慢慢也就接受超市里出售的各种各样佐料小菜。正如梁实秋所言："现在，火腿、鸡蛋、牛油面包作为标准的早点，当然也很好，但我只是在不得已的情形下才接受了这种异俗。我心里怀念的仍是北平的烧饼油条。"对于原味的故乡菜，确实只能在记忆里回味。经过岁月熏烤，我们以为已经将生活煮成了又一种味道，却在回味中，咀嚼到又一种深刻的体味与解读。

在物质相对丰富的今天，各种美味层出不穷，人们不仅在舌尖上得到了满足，而且见证了"民以食为天"的真理。按林语堂的说法：

"美国人对山姆大叔的忠诚，实际是对美国炸面饼的忠诚；德国人对祖国的忠诚，实际上是对德国油炸发面饼和果子蛋糕的忠诚。"其实反过来说，在异国怀念家乡菜，也可以说是海外游子对故国家园的忠诚。在异地他乡怀念老菜脯，是不是体现我对故乡的忠诚呢？！